K-초등 리얼리티 스토리

절교의 여왕

K-초등 리얼리티 스토리

절교의 여왕

박현숙 글 모차 그림

다산
어린이

서현이가 하는 말은 모두 다 진심인 듯했다. 아니, 내가 진심이라고 믿고 싶은 것일 수도 있다.

"안 먹어? 그럼 내가 다 먹는다."

서현이는 하나 남은 떡볶이를 입에 넣고 씹으며 엄지손가락을 치켜세웠다. 그러고는 휴지를 뜯어 입가에 묻은 떡볶이 국물을 쓱쓱 닦았다.

"배부르다. 끄윽."

서현이가 트림을 하는 순간 서현이 입에서 튀어나온 떡볶이 냄새가 분식집에 퍼지는 것 같았다. 더럽다는 생각보다는 신기했다. 서현이는 떡볶이 4인분을 거의 혼자 다 먹었다. 아무리 많이 먹어도 살찌지 않는다. 어떻게 그럴 수가 있을까?

"진짜 끝난 거야?"

나는 서현이에게 물었다. 분식집에 들어오는 순간부터 묻고 싶었던 말이었다.

"응. 끝났지. 국물까지 다 먹었잖아!"

"떡볶이 말고."

"응? 그럼 뭐?"

"김도윤."

나는 '김도윤'이라는 이름을 천천히 꼭꼭 씹듯 말했다.

"아, 김도윤? 야, 끝났냐는 말은 어울리지 않지. 김도윤이랑 나랑 사귄 것도 아닌데 끝날 게 뭐 있어. 김도윤 혼자 나를 좋아한 건데."

서현이 말이 시원시원했다.

"고백을 받아 주지 않겠다고 말한 거야?"

"그것보다 더 확실하게 말했지. '김도윤. 나는 너의 여친이 되고 싶지 않아.' 이렇게. 가자! 나 학원 가야 해."

서현이가 가방을 들고 일어났다.

밖으로 나오니 하늘이 파랬다. 금방이라도 파란 물감이 떨어질 것 같았다. 파란 하늘처럼 내 마음도 맑아졌다.

"비 내릴 것 같더니 갑자기 맑아졌네?"

나는 하늘을 보며 말했다.

"황지은, 뭔 말이야? 오늘 아침부터 쭉 맑았어."

"그랬나?"

서현이와 나는 친하다. 서현이와 친해진 건 작년, 그러니까 5학년 때부터였다. 서현이는 1반이었고 나는 2반이었다. 어느 날 서현이는 곤란한 일을 겪고 있는 나를 구해 줬다. 그건 도와주었다는 말보다 구해 줬다는 표현이 어울리는 사건이었다.

"목요일 체육 시간에는 꼭 바지를 입고 오도록! 치마를 입고 오면 활동하기 힘들어."

선생님은 월요일부터 여자아이들에게 강조했다. 그즈음 우리 반 여자아이들 사이에선 '유행'이라는 게 유행이었다. 누군가 머리를 하나로 묶고 오면 너도나도 따라 했다. 짧은 머리인 친구도 무슨 수를 써서라도 하나로 묶었다. 어떤 때는 파란색 티셔츠가 유행이었고, 어떤 때는 발목 없는 양말이 유행이었다. 실내화에 빨간색 하트를 그려 넣는 게 유행일 때도 있었다. 뭐든 다 파는 가게에서 파는 틴틴 립스틱이 폭발적으로 유행했던 적도 있다. 신기하게도 유행은 열흘 정도만 지나면 끝났고, 다른 유행이 시작되었다.

6월 말쯤에는 치마를 입는 게 유행이었다. 그 유행은 다른 것보다 조금 더 오래갔다. 체육 시간에는 제발 바지를 입고 오라고 선생님이 신신당부해도 듣지 않았다. 그러다 선생님이 폭발했다.

"이번 목요일 체육 시간에도 치마를 입고 오는 사람은 수업 준비를 해 오지 않은 것으로 알 거야. 치마바지도 안 돼. 반바지는 괜찮아. 무조건 바지야, 바지!"

선생님은 단호했다.

목요일, 우리 반 여자아이들은 모두 바지를 입고 왔다. 딱 한 명 나만 치마를 입고 있었다. 얼마나 당황했는지 눈앞이 캄캄해졌다. 솔직히 나는 선생님 말을 흘려듣는 그런 아이는 아니다. 목요일에는 수학 학원에 가야 하는데 숙제를 하지 못했다는 걸 아침에야 깨달았다. 아침부터 수학 숙제를 하느라고 정신이 없어 깜박했던 거다.

그날 선생님은 너무 무서웠다. 아침부터 선생님이 계속

나만 쳐다보는 것 같았다. 체육은 5교시였는데 걱정이 되어서 급식도 거의 먹지 못했다. 한숨만 절로 나왔다. 식판 정리를 할 때 내 옆에 서 있던 서현이가 내 식판에서 잔반통으로 들어가는 밥과 나를 번갈아 바라봤다.

"어디 아프니?"

급식실에서 나오며 서현이가 물었다. 5학년이 되도록 서현이와는 같은 반이었던 적이 단 한 번도 없었고, 말을 해 본 적도 없었다. 그런데도 서현이는 진심으로 걱정하는 표정이었다. 그때 이준이가 지나가며 말했다.

"아픈 게 아니라 걱정이 되어서 그러는 거지. 5교시가 체육인데 밥이 술술 들어가면 그게 더 이상한 거야. 내가 도와주고 싶은데 도와줄 수 없어서 안타깝다."

5교시가 시작되기 직전 아이들은 강당으로 우르르 몰려갔다. 나는 이러지도 저러지도 못한 채 교실에서 발을 동동 구르고 있었다. 그때 서현이가 우리 반으로 들어왔다.

"내가 오늘따라 자꾸만 반바지가 입고 오고 싶은 거 있

지. 너랑 바꿔 입으려고 그랬나 봐. 빨리 바꿔 입자."

서현이는 원래 나와 친했던 사이처럼 부드럽게 말했다. 나는 그날 서현이 반바지를 입으며 이 은혜를 꼭 갚을 거라고 결심했다. 그 후로 서현이와 친해졌고 6학년이 되면서 같은 반이 되었다.

서현이는 예쁘다. 서현이는 날씬하다. 그리고 서현이는 말도 잘하고 인기도 많다. 나는 서현이와 친한 사이라는 게 자랑스러웠다. 서현이와 손잡고 화장실에 가고, 어깨를 나란히 하고 학교를 나올 때 말도 못 하게 뿌듯했다. 어쩌면 도윤이가 서현이를 좋아하는 것도 당연한 일인지 모른다. 서현이는 누구나 좋아하는 그런 아이니까. 슬프지만 사실이다.

도윤이는 어느 날 갑자기 내 마음속을 침범했다. 나한테 물어보지도 않고 훅 들어왔다. 그날이 언제인지 잘 모르겠다. 어느 날부터인가 갑자기 도윤이를 보면 가슴이 콩콩 뛰었다. 하지만 나는 도윤이에게 고백하지 못했다. 고백은커녕 도윤이 앞에 서면 괜히 얼굴이 뜨거워지며

이마에 땀이 솟았다. 그러고 싶지 않은데 마음과 다르게 도윤이에게 퉁명스럽게 대하기도 했다.

서현이에게 이런 내 마음을 털어놓고 싶었다. 그러면 서현이는 옷을 바꿔 입어 주던 그때처럼 나를 도와줄 수도 있을 테니까. 그런데 서현이에게 도윤이 이야기를 꺼내기 전에 충격적인 일이 일어났다. 도윤이가 서현이에게 고백을 한 거다. 나는 서현이에게 그 말을 듣고 한참 동안 앞이 보이지 않는 것 같았다. 암흑 같은 세상이었다.

"그, 그래서 고백을 받아 줬어?"

도윤이가 고백했다는 말을 서현이에게 듣는 순간 나는 숨이 막혔다. 목 안에서 한참이나 뜸 들이다 나온 그 말은 허공을 둥둥 떠다니다가 도로 내 귀로 들어왔다. 귀에서 윙윙 소리가 났다.

"아니, 너무 놀라서 아무 말도 못 했어. '나는 네가 좋아.'라든가 '너랑 사귀고 싶어.' 뭐 이렇게 말했으면 별로 놀라지 않았을 텐데 대뜸 '오늘부터 1일 할래?' 이러는 거야. 내가 아무 대답을 안 하고 있으니까 생각해 보고 말해 달래."

'오늘부터 1일 할래?'

그 말이 내 귓속에서 계속 달그락댔다. 달그락거릴 때마다 가슴이 따끔거렸다.

오늘은 서현이가 도윤이에게 고백받은 지 3일째 되는 날이고, 도윤이 고백에 서현이가 대답한 날이다. 서현이 대답을 들은 도윤이 마음은 어떨까? 문득 궁금했다.

"그래? 의외다."

서현이가 고개를 갸웃거렸다. 뭐가 의외라는 걸까. 나는 서현이 얼굴을 물끄러미 바라봤다.

"왜 하필 도윤이야? 이준이가 지은이 너를 좋아하는 것 같던데."

"그건……."

나는 말을 하다 말고 심호흡을 했다. 말문이 막혀 더 이상 말이 나오지 않았다. 나도 내가 왜 하필 도윤이를 좋아하는지 잘 모른다. 그리고 이준이가 나를 좋아한다고 해서 나도 이준이를 좋아해야 하는 건 아니다.

"그래서 지은이 네가 나한테 그 말을 하는 이유는 뭐야? 도윤이랑 잘되게 내가 도와주면 좋겠어?"

어쩐지 서현이 말투가 마음에 들지 않았다. 딱 꼬집어 말할 수는 없지만 뭔가 비꼬는 듯한 느낌이 들었다. 괜히 내 마음을 털어놓은 것 같아 후회가 되었다. 도윤이가 서현이에게 고백하기 전에는 서현이가 도와주면 좋겠다는 마음이 있었다. 하지만 지금은 아니다. 도와 달라고 말한 건 아니다. 그냥 말하고 싶었다. 혼자 꼭꼭 숨겨 두기에는 내 마음속을 차지한 도윤이 자리가 너무 컸다. 너무 커서 숨도 막히고 무겁기도 했다. 그래서 서현이에게 말했던 건데.

서현이와 나 사이에 텅 비어 있는 30센티미터의 거리가 오늘따라 한없이 멀게만 느껴졌다.

"좋아, 도와줄게."

서현이는 내 대답을 기다리지 않고 말했다. 좀 전과는 다르게 활짝 갠 말투였다.

"지은이 너랑 나랑은 친구야. 친구 일인데 도와줘야지."

서현이가 내 옆으로 다가와 팔짱을 꼈다.

"걱정하지 마, 황지은. 나는 진짜 도윤이 안 좋아해. 관심도 없고. 나는 그런 스타일 딱 질색이거든. 애가 너무 침착하잖아? 어떤 때보면 감정이 없는 로봇 같아. 아니다, 로봇도 그 정도는 아닐 거야. 그리고 키도 너무 심하게 커. 큰 키에 비해 비쩍 말랐고. 바람만 불어도 쓰러질 것 같지 않니?"

서현이가 나를 안심시키려고 노력하는 걸 알 수 있었다. 그리고 서현이가 도윤이에게 관심이 없다는 것도. 잠시 멀게 느껴졌던 서현이와의 거리가 원래대로 좁혀진 기분이었다.

서현이와 헤어져 학원으로 향했다. 시간이 지날수록 든든한 느낌이 들었다. 서현이가 도와준다면 도윤이와 잘될 것 같았다.

"황지은."

학원 건물 입구에서 이준이가 기다리고 있었다.

"이거 먹어."

이준이가 쥐고 있던 손을 폈다. 이준이 손바닥에서 설탕이 덕지덕지 붙은 젤리가 꿈틀거렸다. 한심했다. 비위생적이라는 생각은 안 드나? 저런 걸 주면 내가 덥석 받아먹을 거라고 생각한 거야? 나는 꼬질꼬질한 이준이 손을 바라보다 천천히 손을 내밀어 젤리를 받았다. 이준이에게 상처를 주기는 싫었다.

"그거 진짜 맛있어."

이준이 목소리가 밝았다.

"응."

"내일 또 줄게."

"응."

"황지은. 숙제는 했어?"

밝은 이준이 목소리는 허공으로 둥둥 떠오를 것 같았다.

"응."

"안 했으면 내 거 보여 주려고 했는데."

나는 고개를 돌려 이준이를 바라봤다. 기가 막혔다. 이준이는 나보다 수학을 훨씬 못한다. 학원에서 시험을 볼 때마다 성적이 맨 밑바닥이다. 그런데 보여 주겠다니. 저런 말도 안 되는 자신감은 대체 어디서 나오는 거야.

"줄넘기 연습은 했어? 못 했으면 이따 학원 끝나고 내가 도와줄까?"

그러고 보니 다음 주 월요일이 학교에서 줄넘기 평가를 하는 날이다. 줄넘기는 내가 잘하는 것 중 하나다.

"연습하고 있어. 네가 도와주지 않아도 괜찮아."

"누구랑?"

"지성이랑."

"아, 네 동생 지성이? 지성이가 운동은 잘하는 편이지. 내가 지성이랑 같은 태권도 도장을 3년이나 다녔잖아. 걔는 운동선수가 될지도 몰라. 내가 태권도를 그만두는 바람에 엄청 오랫동안 지성이를 못 봤네. 지성이 잘 있지?"

"응."

나는 빠른 걸음으로 계단을 올라갔다.

수업 시간 내내 숫자들이 귓등을 타고 흘러내렸다. 단 하나의 숫자도 귀에 들어오지 않았다.

'서현이가 도와준다는 말은 진심이야. 서현이가 도와주면 도윤이랑 잘될 수 있겠지. 서현이가 어떻게 도와줄까?'

머릿속은 온통 그 생각으로 가득 찼다.

"황지은!"

어디선가 내 이름을 부르는 소리가 들렸다. 학원 수학 선생님이 눈을 크게 뜨고 나를 바라보고 있었다. 나는 그제야 정신을 차렸다.

"컵라면 먹고 갈래? 내가 사 줄게."

학원이 끝나고 이준이가 물었다.

"다이어트 중이야."

"0칼로리 컵라면 있어. 먹고 가자, 제발."

이준이가 울상을 지으며 말했다. 거절하면 진짜 울 수

도 있을 것 같았다.

"휴, 그래."

나는 이준이를 따라 학원 앞에 있는 편의점으로 갔다. 이준이는 컵라면을 먹으면서도 쉬지 않고 떠들었다. 한숨이 나올 정도로 수다스러웠다. 나는 수다스러운 아이는 딱 질색이다. 수다스러운 아이는 지성이 하나로도 힘들다. 지성이는 입가에 항상 침 거품이 보글거릴 정도다. 나는 이준이가 떠드는 동안 묵묵히 컵라면만 먹었다.

"지은이 너랑 나랑은 진짜 이상해. 유치원부터 시작해서 초등학교 6학년까지 계속 같은 반이잖아? 이걸 보고 뭐라고 해야 하나? 질기고 질긴 사이라고 해야 하나? 아무튼 나는 참 좋아."

이준이가 '참 좋아.'라고 말하는 순간 목으로 넘어가던 라면이 그대로 멈췄다. 나는 긴장해서 이준이를 바라봤다. 고백하면 큰일이다. 고백하면 어떻게 거절해야 하나, 눈앞이 캄캄했다. 제발, 제발 고백하지 마. 등에서 순식간에 진땀이 났다.

"고무줄처럼 질기고 질긴 우리 사이가."

이준이가 픽 웃으며 말했다. 넘어가다 멈췄던 라면이 쑥 내려갔다. 내가 좋다는 말이 아니어서 다행이었다.

도윤이는 책을 읽고 있었다. 창을 통해 들어오기 시작한 아침 햇살이 도윤이 얼굴을 비췄다. 도윤이 얼굴에서 빛이 반사되어 교실이 환해지는 느낌이었다.

"내 말이 맞지? 도윤이는 우리 반에서 제일 일찍 학교에 온다니까. 얼른 가서 줘. 이게 마법의 스티커라는 거 지은이 너도 알지?"

서현이가 재촉했다. 나는 서현이에게 받은 마법의 스티커를 만지작거렸다. 심장이 터질 듯 뛰었다.

"애들 오기 전에 빨리."

서현이가 내 등을 밀었다.

나는 주춤거리며 도윤이에게 다가갔다. 도윤이는 책에

푹 빠졌는지 책에서 눈을 떼지 않았다. 내가 다가가는 것도 모르는 것 같았다.

용기를 내어 도윤이 앞으로 바짝 다가섰다. 그제야 도윤이가 고개를 들어 나와 눈이 마주쳤다. 순간 정수리에 뜨거운 물이 쏟아지는 느낌이 들며 얼굴이 달아올랐다. 나는 재빨리 스티커를 도윤이 책상에 놨다. 도윤이가 나와 스티커를 번갈아 바라봤다.

그때 서현이가 말했다.

"그거 마법의 스티커야. 그 스티커를 네가 제일 아끼는 물건에 붙이고 다니면 네가 간절히 원하는 일이 이루어지거든."

도윤이의 시선이 서현이가 들고 있는 스티커 봉투로 향했다. 봉투에 남아 있는 스티커들이 반짝거렸다. 모두 다섯 장의 스티커 중에서 서현이는 한 장만 내게 주었다.

'저건 내가 할 말이었는데.'

좀 당황스러웠다. 서현이는 마법의 스티커를 도윤이에게 주면서 그 말을 하라고 알려 줬다. 나는 서현이가 알려 준 그 말을 어젯밤 잠도 제대로 못 자고 연습했다. 그런데 내가 말을 꺼내기도 전에 서현이가 먼저 말해 버렸다.

'내가 말을 못 할까 봐 서현이가 얼른 대신해 준 걸 거야.'

서현이 성격이 좀 급한 편이긴 하다. 게다가 어쩌면 나는 그 말을 못 했을 수도 있다. 너무 떨려서 온몸이 덜덜 흔들리고 있었으니까.

"와. 일찍 왔네?"

그때 이준이가 교실로 들어섰다. 도윤이는 다시 책으로 눈을 돌리고 서현이와 나는 각자의 자리에 앉았다.

"왜 이렇게 학교에 일찍 와? 학교가 그렇게도 좋아?"

"그러는 이준이 너는 왜 이렇게 빨리 왔냐? 너도 학교가 그렇게 좋냐?"

이준이 말에 서현이가 쏘아붙였다. 하필이면 그때 나타난 이준이를 원망하는 게 분명했다. 나도 그랬다. 이준이가 조금만 더 늦게 왔더라면 도윤이가 무슨 말인가 할 수도 있었을 텐데.

"나? 당연하지. 학교 엄청 좋지. 친구들 만나지, 맛있는 반찬에 밥도 주지. 오늘 급식 반찬으로 돈가스가 나오던데 진짜 기대된다."

한심하기는! 애가 덩치는 자꾸만 자라는데 정신은 유치원 다닐 때에 머물러 있었다. "돈가스 진짜 기대돼!" 이 말은 이준이가 유치원 다닐 때부터 하던 말이다. 한숨이 절로 나왔다.

"황지은. 너도 기대되지? 지은이 너도 돈가스 좋아하잖아. 제육볶음이랑 수육도 좋아하고. 돼지고기라면 자다가도 발딱 일어나잖아."

이준이 말에 얼굴이 화끈 달아올랐다. 애가 진짜 왜 이러는지 모르겠다. 도윤이가 나를 뭐라고 생각할까? '돈가스를 좋아한다고? 어쩐지…….'라고 생각하면 어떻게 하지? 나도 모르게 배를 만졌다. 오늘따라 뱃살이 더 두툼하게 잡혔다.

나는 벌떡 일어나 교실에서 나왔다. 가만있으면 이준

이가 또 무슨 말을 할지 모를 일이었다. 설탕이 덕지덕지 붙은 젤리를 먹고, 학원을 마친 다음 컵라면도 같이 먹었다는 말까지 주절주절 떠들어 댈지도 모른다.

서현이가 따라 나올 줄 알았는데 아니었다. 나는 화장실에 가서 한참 손을 씻으며 서현이를 기다렸다. 하지만 서현이는 오지 않았다.

교실로 들어오며 나도 모르게 도윤이를 바라봤다. 도윤이는 스티커를 만지작거리다가 필통에 붙였다. 떨어질까 봐 걱정이 되었는지 붙인 스티커를 누르고 비비고 다시 눌렀다. 그 모습을 보자 잠잠해졌던 심장이 다시 쿵쾅대기 시작했다.

'도윤이가 내 마음을 알아차렸겠지?'

그때였다. 서현이가 도윤이에게 다가가더니 스티커 봉투를 도윤이 책상에 내려놨다. 그러고는 별말 없이 자기 자리로 돌아갔다. 기분이 이상했다. 서현이가 나를 도와주려고 그러는 것 같기도 하고 아닌 것 같기도 했다. 도윤이는 서현이가 놓고 간 스티커 봉투를 물끄러미 바라보다 가방에 넣었다.

점심시간에 이준이가 옆에 붙어 앉아 계속 떠들었다.

"황지은, 많이 먹어라. 5교시에 줄넘기하는 거 알지? 많이 먹어야 힘이 나고 힘이 나야 줄넘기를 잘할 수 있어. 팔딱팔딱 뛰는 거 에너지 엄청 소모되는 거야. 많이 먹어, 많이, 많이."

이준이는 제육볶음 한 젓가락을 내 식판 위에 올려 주기까지 했다.

"역시 지은이를 생각하는 건 이준이밖에 없어."

서현이가 밥을 우물거리며 말했다. 나는 서현이 말에 기분이 나빠졌다. 내가 이준이를 좋아하지 않는 걸 서현이도 빤히 알고 있다. 저런 말을 하면 내가 싫어할 걸 서현이도 알 거다.

"그럼, 그럼. 내가 아니면 누가 황지은을 챙겨 주겠냐?"

이준이가 입을 헤벌쭉 벌리는 순간 나는 폭발했다. 신경질적으로 제육볶음을 도로 집어 이준이 식판으로 던졌다.

"나는 이제 돈가스도 안 좋아하고 제육볶음도 안 좋아해! 내가 돼지야? 돼지만 좋아하게?"

"야, 황지은. 그게 무슨 말이야? 나는 돼지가 아니라도 돼지 좋아해."

이준이가 눈을 끔벅거리며 말했다.

"한심해. 너는 매일 먹는 생각밖에 안 하지?"

이준이는 입을 오물거릴 뿐 말을 하지 못했다.

"딱 지성이 수준이야."

나는 식판을 들고 일어났다.

"단체 줄넘기는 혼자 하는 것보다 훨씬 힘들어요. 줄을 돌리는 두 사람과 안으로 들어가 줄을 넘는 다섯 사람의 호흡이 잘 맞아야 해요. 다섯 명이 모두 들어간 뒤 가장 오래 뛴 조가 우승이에요. 혼자만 잘한다고 해서 이길 수 있는 게 아니라는 점 명심하고. 우리 반이 모두 스물

한 명이니까 일곱 명씩 한 조를 만들면 딱 맞겠어요. 번호 순서대로 하는 게 좋겠지?"

선생님은 번호대로 줄을 세웠다. 우리 반 번호는 생일 순서대로다. 생일이 빠른 아이가 앞 번호다.

나와 서현이는 3조가 되었다. 도윤이와 이준이는 1조였다.

"오늘 우승한 조에서 MVP를 뽑아 선생님이 특별한 선물을 줄 거예요."

"와!"

선물이라는 말에 환호성이 터졌다. 환호성에 맞춰 내 가슴이 뛰기 시작했다. MVP가 되고 싶었다. 도윤이에게 MVP가 되는 모습을 보여 주면 얼마나 멋질까.

"사실 줄 돌리는 게 제일 중요해요. 조마다 줄 돌릴 사람 두 명을 뽑도록 해요."

선생님 말이 끝나기 무섭게 서현이는 자기가 줄을 돌리겠다고 했다. 나는 서현이가 그런 말을 할 줄 알고 있었다. 서현이는 줄넘기를 못한다. 그냥 못하는 정도가 아니라 아주 못한다. 땅에 내려서야 할 순간 발을 떼고 발을 떼야 할 순간 땅에 내려선다.

"나도, 나도."

너도나도 줄을 돌리겠다고 나섰다. 경쟁이 치열했다.

"줄은 서현이가 잘 돌려. 줄 돌리는 것도 계산을 잘하면서 돌려야 하거든. 서현이는 수학을 잘해서 계산도 잘해."

나는 서현이를 적극적으로 밀어줬다. 수학과 줄넘기가 무슨 상관이 있는지 알지도 못하면서 그냥 팍팍 밀었다. 서현이는 경율이와 함께 줄을 돌리게 되었다.

"먼저 1조."

선생님이 외쳤다. 맨 먼저 이준이가 들어가고 다음으로 2번 아이가 들어가다 발에 줄이 걸렸다. 5번인 도윤이가 안타까워하는 표정이 눈에 들어왔다.

2조는 3번 아이에서 실패했다.

내가 3조 1번이었다.

탁, 탁, 탁.

줄 돌리는 소리에 심장이 뛰었다.

'황지은, 침착해.'

두 눈을 질끈 감았다 떴다. 그리고 가뿐히 줄 안으로 들어갔다. 팔짝팔짝 안정적으로 뛰는데 도윤이가 눈에 들어왔다. 도윤이가 나를 바라보고 있었다. 갑자기 어깨에 날개가 달린 것처럼 몸이 가뿐해졌다. 2번이 들어오고 3번이 무사히 들어왔다. 하지만 4번에서 걸리고 말았다.

두 번째 시도에서도 성공한 조는 없었다. 나는 성공하지 않아도 좋았다. 내 모습을 도윤이가 보고 있다는 게 중요했다. 하면 할수록 더 기운이 났다.

"잘하는 아이가 뒤로 가야 할 것 같아. 뒤로 갈수록 공간이 좁아지고 복잡해지니까 제대로 들어갈 수도 없고 들어가도 뛰기가 힘들어. 지은이가 5번 하자."

서현이가 갑자기 나에게 5번을 하라고 했다.

"맨 먼저 들어가는 사람이 자리를 잘 잡아야 다음 아이들이 들어오기 좋아."

나는 이렇게 말하며 1번을 계속하겠다고 했다. 1번이어야 뛰는 모습을 도윤이한테 오랫동안 보여 줄 수 있으니까. 하지만 서현이는 5번이 중요한 거라면서 고집을 부렸고 나는 어쩔 수 없이 5번이 되었다.

세 번째 시도에서도 성공한 조는 없었다. 네 번째도 마찬가지였다.

"자, 하면 할수록 실력이 늘고 있죠? 이제 세 조 모두 4번까지는 성공하고 있어요. 조금만 더 힘내도록 해요."

선생님이 응원했다. 하지만 다섯 번째, 여섯 번째 시도에도 성공한 조는 없었다. 그래도 줄넘기를 하는 게 신이 나는지 뛰는 아이들의 표정은 즐거워 보였다.

"다들 열심히 하는 모습이 보기 좋네요. 실력이 쑥쑥 늘고 있으니 마지막 일곱 번째 시도를 기대할게요. 어쩐지 이번에는 성공할 것 같아요."

선생님의 말처럼 하면 할수록 실력이 쑥쑥 늘었다. 다들 지쳐서 헉헉거리기는 했지만, 줄을 돌리는 소리나 뛰는 소리가 안정적이었다. 1조와 2조 모두 5번까지 들어가 뛰는 데 성공했다.

우리 조 역시 4번까지 무난하게 들어갔다. 이제 마지막

5번인 내 차례였다.

'하나 둘 셋.'

나는 마음속으로 구령을 붙이며 가뿐하게 줄 안으로 들어갔다. 성공이었다.

탁, 탁, 탁.

이마에 땀이 송골송골 맺혔다.

"아아아."

안타까워하는 소리가 강당에 울렸다. 3번이 줄에 걸렸고 동시에 내 발에도 줄이 걸렸다.

"대단해요. 1조와 3조가 똑같이 3분 12초 동안 뛰었어요. 어쩜 신기하게도 두 조가 똑같은 시간에 발에 걸리나?"

"선생님, 1조와 3조가 무승부면 MVP는요? MVP는 어느 조에서 나와요?"

이준이가 손을 번쩍 들고 물었다.

"글쎄, 선생님은 모두에게 MVP를 주고 싶은 마음이에요. 열심히 하는 모습에 감동받았거든요."

"에이, 그건 아니죠. 1조와 3조에서 한 명씩 뽑아서 그 두 명이 대결하면 어때요?"

"찬성!"

"굿 아이디어, 나도 찬성."

아이들이 손뼉을 치며 외쳤다.

1조와 3조 아이들이 한 명씩 이단 줄넘기를 해서 제일 많이 한 사람이 대표로 뽑혔다. 1조에서는 이준이가 뽑혔고 3조에서는 내가 뽑혔다.

"들어가서 오래 버티는 사람이 이기는 거예요. 줄 돌리는 건 1조의 도윤이와 3조의 서현이가 하도록 해요. 자, 파이팅."

선생님이 주먹을 쥐어 올렸다.

"선생님!"

그때 서현이가 손을 번쩍 들었다.

"룰을 바꾸는 건 어떨까요? 이준이랑 지은이가 각자 줄넘기를 해서 시간으로 승패를 가르는 거로요. 두 명이 같이 뛰면 실력 발휘하기가 어려울 것 같아요. 지은이랑 이

준이는 키 차이가 나잖아요? 줄이 이준이 머리에 걸리면
물론 지은이가 이기기는 하겠지만 어느 정도 실력인지
알 수 없어요. 지은이가 먼저 지쳐서 줄에 걸리면 이준이
도 자기 실력을 다 보여 줄 수 없고요. 공평하게 하려면
줄을 돌리는 사람은 같은 사람으로 해야 해요."

"와, 그거 좋다, 엄청 좋다."

"찬성!"

아이들이 또다시 손뼉을 쳤다.

이준이도 좋다고 했다. 나도 찬성했다. 이준이를 이길
수 있을까? 불안하기도 했지만 도윤이에게 멋진 모습을
보여 줄 수 있는 기회였다.

"좋아요. 하지만 이준이와 지은이가 너무너무 잘해서
끝까지 줄에 걸리지 않으면 오늘 집에 못 갈 수도 있겠
죠? 시간은 5분으로 할게요. 만약 둘 다 5분을 넘기면 둘
다 MVP!"

선생님이 말했다.

나와 이준이는 가위바위보를 해서 순서를 정했다. 이준

이가 먼저였다.

"황지은. 승부의 세계는 냉정한 거다. 우리 정정당당하게 겨루자."

이준이가 손을 내밀었다. 나는 이준이 손을 잡았다. 나도 정정당당하게 겨뤄서 이준이를 꼭 이기고 싶었다.

이준이는 2분 1초에서 줄에 걸렸다.

'됐어. 내가 이길 수 있어.'

나는 자신만만했다. 하지만 뭐에 홀린 듯 나도 2분 1초에서 줄에 걸리고 말았다.

"오호, 뭐야? 기록이 줄었잖아! MVP가 되고 싶어서 둘 다 긴장했냐? 욕심부리면 안 돼. 긴장 풀고 해라!"

누군가 소리치면서 분위기가 한층 뜨거워졌다. 나는 도윤이를 바라봤다. 아이들이 손뼉을 치고 소리를 지르는 것과는 다르게 도윤이는 표정이 그대로였다. 손바닥을 바지에 문지른 다음 무표정한 얼굴로 줄을 다시 잡았다.

"와아아아아아아."

이준이가 주먹을 쥐고 사자처럼 포효했다. 그러자 아이

들이 손뼉을 치며 환호했다.

이준이는 가뿐하게 줄 안으로 뛰어 들어갔다. 4분 58초에서 줄에 걸렸다.

'애들 말이 맞아. 욕심을 부리면 실력을 발휘할 수 없어. 아무 생각도 하지 말고 그냥 뛰는 거야.'

줄 안으로 뛰어 들어갔다. 줄을 돌리는 서현이와 눈이 마주쳤다. 나는 서현이를 향해 웃어 보였다. 마음이 편해졌다.

"4분! 1분만 버텨!"

이준이 목소리였다.

"49초, 50초…… 54초."

이준이 목소리에 아이들 목소리가 합쳐졌다. 충분했다. 나는 지치지도 않았고 발은 여전히 가벼웠다. 그때였다. 줄을 돌리던 서현이 팔이 잠깐 아래로 뚝 떨어졌다. 잠깐이었지만 나는 분명히 봤다.

4분 56초에서 내 발은 줄에 걸리고 말았다. 이준이가 MVP가 되었다.

"야, 황지은! 너 무슨 말을 그렇게 해? 나는 그런 적 없어. 내가 왜 일부러 팔을 아래로 떨어뜨려? 지은이 네가 MVP 되는 게 배 아파서 내가 방해했다는 말로 들린다? 그리고 제일 기분 나쁜 거! 지은이 네가 도윤이랑 잘되게 내가 별로 안 도와주는 것 같다고? 나는 너를 도와주려고 했는데 어떻게 그런 생각을 할 수가 있어?"

서현이는 팔팔 뛰었다.

나는 서현이에게 다 말했다. 내가 도윤이를 좋아한다고 말했을 때 찜찜했던 서현이의 말투와 표정을. 그리고 마법 스티커를 도윤이에게 주면서 내가 할 말을 서현이가 가로챘던 사실을. 또 스티커를 주려면 통째로 주지 한 장만 빼 주고 나머지는 도윤이 보란 듯 서현이가 들고 있었던 것, 그리고 스티커 봉투를 도윤이 책상에 올려놓은 것. 그것도 내가 없는 틈에.

"도윤이는 서현이 네가 마법의 스티커를 주는 걸로 착

각했을 수도 있어. 네가 그렇게 행동했다고."

"야, 황지은!"

서현이가 소리를 빽 질렀다.

"나는 도윤이한테 분명히 내 마음을 전했어. 하지만 도윤이 마음은 내 마음대로 할 수 없는 거야. 계속 나를 좋아해도 할 수 없는 거라고. 나한테 이러지 말고 도윤이한테 직접 물어보면 되겠네. 너를 좋아하느냐고."

서현이는 찬바람을 일으키며 돌아섰다. 그러고는 단 한 번도 뒤돌아보지 않고 가 버렸다.

밤새 생각했다. 서현이가 얄밉고 원망스럽기는 했지만 서현이 말이 맞았다. 도윤이 마음이 중요했다. 나는 도윤이에게 물어보기로 했다. 그래야 서현이와도 화해를 할 수 있을 것 같았다.

'나는 도윤이 너 좋아해. 너는?'

'오늘부터 1일 할래?'

도윤이에게 할 말을 생각하고 또 생각했다. 하나같이 마음에 들지 않았다. 결국 '너랑 친하게 지내고 싶어.'로

결정했다.

나는 도윤이에게 톡을 보냈다.

수업 마치고 잠깐 봐. 학교 앞 문방구 안에서 기다릴게.

톡을 보내고 얼마나 떨리는지 심한 지진이 일어난 것 같았다. 걸을 때도, 서 있을 때도 몸이 휘청거렸다. 도윤이에게서 답장은 오지 않았다. 문방구로 오겠다는 뜻인지, 오지 않겠다는 뜻인지 알 수 없었다. 톡을 기다리는데 나중에는 짜증이 났다. 온종일 도윤이 쪽은 바라보지도 못했다.

수업이 끝나자마자 나는 곧장 문방구로 갔다. 한쪽 구석에 주렁주렁 매달린 스티커들을 만지작거리며 교문 앞을 힐끔거렸다. 얼마 후 도윤이가 교문을 나와 문방구로 들어왔다. 나는 문방구로 들어서는 도윤이를 향해 손을 번쩍 들어 보였다. 도윤이는 손을 번쩍 쳐드는 나를 보고도 무표정한 얼굴이었다. 나는 머쓱해져서 손을 내려 티셔츠에 쓱쓱 문질렀다.

"왜?"

도윤이가 물었다. 밤새도록 준비했던 말이 어디론가 사라지는 기분이었다. 꼬리도 보이지 않고 흔적도 없이.

'할 말은 해야 해.'

정신을 차렸다. 그러자 사라졌던 말이 나타났다.

"나는 너랑 친하게 지내고 싶어. 그래서 마법의 스티커도 준 거고."

목소리가 하도 떨려서 도윤이가 제대로 알아들을 수 없으면 어쩌나 걱정이었다.

"같은 반이면 친한 거 아냐? 난 그것보다 더 친해지고 싶은 생각은 없는데?"

도윤이가 그렇게 말하자 다리에 힘이 쭉 빠졌다.

"그, 그래? 그럼 뭐 할 수 없지."

나는 웃었다. 아무렇지도 않은 척 웃으며 말했다. 도윤이가 문방구에서 나가자 갑자기 눈물이 쏟아지기 시작했다. 문방구 주인이 힐끔 쳐다보더니 휴지를 가지고 와 내밀었다. 그냥 나오기 미안해서 스티커를 사 들고 나왔다. 눈물은 계속 흘렀다. 하늘이 온통 흐렸다.

"황지은. 왜 그러냐?"

그때 이준이가 나타났다.

"왜 울어? 오늘 하루 종일 기운도 없고 고개를 숙이고 있더니. 급식도 거의 안 먹었잖아. 어디 아프냐?"

"아니."

"그럼 혹시…… 너, MVP 안 돼서 속상해서 그러냐?"

"아니야."

나는 잘라 말했다.

"그래? 그럼 뭐 다른 속상한 일이 있나 보네."

이준이 말투가 하도 부드러워서 눈물이 더 났다. 이준이는 설탕이 덕지덕지 붙은 젤리를 불쑥 내밀었다.

"속상하고 기분이 별로일 때는 단 게 최고야. 먹어. 마음속까지 달콤해질걸."

이준이가 젤리 하나를 내 입 앞으로 내밀었다. 나는 나도 모르게 입을 벌렸다. 레몬 향이 폴폴 풍기는 젤리를 꼭꼭 깨물었다. 입안이 달콤해졌다. 꿀꺽 삼키자 정말 마음속이 달콤해지는 느낌이 들었다.

"아 참."

이준이가 가방을 땅에 내려놓더니 가방 속을 뒤적였다.

"어제 MVP 선물로 선생님이 주신 건데 나하고는 전혀 어울리지 않는 물건이더라고. 황지은 너랑 잘 어울릴 것 같아."

이준이가 꺼낸 건 판다 모양 키링이었다. 이준이는 내 가방에 판다 키링을 달아 주었다.

"이게 나랑 어울린다고? 너 지금 나 통통하다고 놀리는 거냐?"

나는 얼굴을 찡그렸다.

"아니야. 귀여운 게 닮았다는 거지. 황지은 너 엄청 귀여운 거 모르지? 크크크, 너네 집 유전자가 귀여운 유전자인가 봐. 지성이도 귀여운데. 야, 너 오늘 속상하고 기운 없는 것 같으니까 내가 가방 들어 줄게."

이준이는 가방 두 개를 각각 어깨에 메고 앞으로 내달

렸다. 판다 키링이 달랑거렸다. 피식 웃음이 났다.

'이 기분은 뭐지?'

말로 표현할 수 없는 기분이었다. 달콤하고 따뜻하고, 그러면서도 쌉쌀하고 짭짤하고. 나는 하늘을 바라봤다. 흐렸던 하늘이 서서히 맑게 개고 있었다.

도윤이는 어느 날 예고도 없이 침범하듯 내 마음속으로 들어왔다. 이준이는 천천히, 아주 천천히 내 마음속으로 들어오고 있는 듯했다.

'오늘부터 1일?'

어쩌면 내가 이준이에게 이런 말을 하게 될지도 모른다는 불길한 생각이 들었다.

"안 돼."

나는 고개를 힘차게 저었다.

"야, 같이 가."

나는 소리치며 이준이를 따라갔다. 안 되긴 안 되는데 그렇게 되어도 할 수 없긴 하다. 맑게 갠 하늘에서 파란 물감이 뚝뚝 떨어질 것 같았다.

하버드 수학 학원

하늘에서 별 하나가 뚝 떨어졌다. 땅에 떨어진 별은 흔적도 없이 사라졌다. 마치 "사라져라, 얍!" 하고 도깨비가 방망이를 휘두른 것처럼. 떨어져서 사라진 별이 나 자신 같았다. 내 마음이 그랬다.

"수학 천재가 나타났네. 강효은! 수학 천재."

방진우가 치켜세운 엄지손가락을 내릴 줄 몰랐다. 방진우 엄지손가락만큼 효은이 어깨가 올라갔다.

"하여간 방진우 쟤를 누가 말려? 무슨 수학의 천재씩이나. 쉬운 문제로 시험 봤으면 다 맞을 수도 있는 거지. 그렇지, 주원아?"

규리가 콧바람을 씩씩 내뿜으며 입을 삐죽거렸다. 나는 규리 말에 대꾸하지 않고 조용히 가방을 챙겼다. 우리 학원 수학 선생님은 문제를 쉽게 내지 않는다. 그건 아이들도 엄마들도 다 알고 있는 사실이다. 그래서 우리 학원에 처음 들어올 때는 각오를 하고 들어온다. 학원에 오는 첫

날이면 어김없이 테스트를 받는데, 대부분의 아이가 창피할 정도의 점수를 받는다. 어쩌면 수학 선생님의 전략일 수도 있다.

"처음 들어올 때는 이 정도의 실력인 아이였거든요. 그런데 우리 학원에 다니면서 실력이 확 좋아졌어요."

나중에 이렇게 말하기 위한 전략 말이다.

그래서인지 '하버드 수학 학원'은 인기가 많다. 우리 동네에서는 수학 못하는 아이는 하버드 수학 학원으로 보내라는 말이 있다. 수학을 잘해도 하버드 수학 학원으로 보내라는 말도 있다. 못하는 아이는 잘하게 만들고, 잘하는 아이는 더 잘하게 해 준다는 곳이 바로 하버드 수학 학원이다.

하버드 수학 학원 6학년 반은 세 개다. 시험을 봐서 반을 나눈다. 그리고 한 달에 한 번씩 다시 시험을 봐서 반을 바꾼다. 하버드 수학 학원에 다니는 건 매일매일 살짝언 얼음판 위를 걸어 다니는 일 같다.

나는 하버드 수학 학원 6학년 세 개 반 중에서 제일 잘

하는 반인 A반이다. 그리고 A반 중에서도 수학을 잘한다는 말을 듣고 있다.

"주원이는 원래 수학을 잘해. 수학 천재야."

친구들은 이렇게 말한다. 엄마도 엄마 친구들과 통화를 할 때면 같은 말을 한다. 하지만 나에게는 아무도 모르는 비밀이 있다. 세상에서 제일 쉬웠던 수학이 점점 어려워지고 있다. 당황스럽고 불안하다. "수학 천재야."라는 말이 어느 순간 "수학 바보야."라고 바뀔 수 있다는 생각을 하면 끊어질 듯 말 듯 위태로운 줄을 안간힘을 다해 잡고 있는 느낌이 든다. 땀을 뻘뻘 흘리면서 말이다.

가방을 들고 일어나는데 효은이 뒤통수가 눈에 들어왔다. 효은이도 가방을 챙기고 있었다. 나는 재빨리 밖으로 나왔다.

'하필이면……'

하필이면 효은이는 왜 우리 학교로 전학을 오고, 하필이면 우리 반이 되었고, 또 왜 하필이면 하버드 수학 학원으로 왔을까.

"주원아. 같이 가."

규리가 달려왔다.

"강효은 때문에 신경 쓰이니?"

규리는 팔짱을 끼며 물었다.

"아니야."

"신경 쓰지 마."

"아니라니까."

나는 신경질적으로 말했다. 아니라고 말하면 그런가 보다, 생각하고 말면 될 것을 왜 같은 말을 반복하는지 모르겠다. 내가 신경질적으로 말하는데도 규리는 기분 나쁜 표를 내지 않았다. 내 어깨를 토닥여 주기까지 했다. 갑자기 콧날이 시큰해지면서 눈물이 핑 돌았다. 나는 재빨리 돌아섰다.

"내일 봐."

마침 큰길 신호등이 초록색으로 바뀌었다. 나는 빠르게 길을 건넜다.

강효은은 엄마 친구 딸이다. 나와 강효은은 아주아주

어렸을 때, 그러니까 유치원에 다니던 시절에는 자주 만났다. 초등학생이 되고 학년이 올라가면서 각자 다니는 학원이 많아지며 거의 만나지 못했는데, 그전까지는 한 달에 한 번 정도는 만났던 것 같다. 아기였을 때 기억은 나지 않지만 여섯 살부터는 기억이 난다. 엄마와 강효은 엄마가 차를 마시고 있으면 나와 강효은 그리고 태원이는 옆에서 신나게 놀았다. 하지만 신나게 논다고 해서 다 사이가 좋은 건 아니었다. 나와 강효은은 같이 놀다가도 걸핏하면 싸웠다.

"주원이가 욕심부려."

강효은은 싸울 때마다 이렇게 말하며 펑펑 울었다. 그러면 태원이도 강효은을 따라 울었다. 나만 우는 둘 사이에서 어쩔 줄 몰랐다.

"우리 주원이가 욕심이 많긴 해. 그래서 그런지 벌써 공부 욕심도 많아. 여섯 살인데 구구단을 다 외웠다니까?"

엄마는 나를 야단치면서도 강효은 엄마 앞에서 자랑스럽게 말했다. 그리고 강효은 엄마와 통화할 때마다 내가

얼마나 공부를 잘하는지, 그중에서도 수학을 잘해 '수학
천재'라고 불린다는 사실을 이야기하곤 했다.

얼마 전까지만 해도 그런 말이 듣기 좋았다. 하지만 이
제 그 말을 들으면 짜증이 났다. 나는 엄마에게 '수학 천
재'라는 소리 좀 그만하라고 했다.

"왜? 사실을 사실대로 말하는데."

엄마는 내 말을 전혀 귀 기울여 듣지 않았다.

그런데 지난주에 강효은이 우리 동네로 이사를 왔다.
우리 학교로 전학을 왔고 우리 반이 되었다. 오랜만에 본
강효은은 몰라보게 달라져 있었다. 납작하던 코는 오뚝
해졌고 얼굴도 갸름해졌다. 그리고 나보다 한 뼘은 작던
키도 자라 있었다. 한마디로 예뻐졌다.

"안녕! 반가워."

나는 강효은에게 반갑다고 말했지만 속으로는 그렇지
않았다.

"나도 반가워."

강효은도 이렇게 말했지만 진짜 반가운 표정은 아니었

다. 강효은과 나 사이에 뭔가 이상한 기운이 흐르고 있는 것 같았다. 그게 뭔지 딱 잡아 말할 수는 없지만.

"주원이 너 잘해야 해. 지면 안 되는 거 알지?"

강효은이 우리 반이 되었다는 사실을 알자마자 엄마가 이렇게 말했다.

"뭘 지면 안 돼?"

엄마가 하는 말이 무슨 뜻인지 알면서도 나는 모른 척 퉁명스럽게 대꾸했다.

"효은이가 요즘 들어 성적이 쑥쑥 올랐대. 절대 지면 안 된다는 말이야. 네가 지면 엄마 자존심이 무너지잖니."

"별걱정을 다 해."

나는 여전히 퉁명스럽게 말했다.

"그렇지? 엄마가 쓸데없는 걱정을 하는 거지? 호호호 호호."

엄마는 가슴을 쓸어내리는 시늉을 하며 소리 내어 웃었다. 그때까지만 해도 그랬다. 엄마가 쓸데없는 걱정을 한다고 믿었다. 강효은은 공부를 그다지 잘하지 못한다는 소리를 계속 듣고 있었으니까. 요즘 들어 성적이 쑥쑥 올라가 봤자 나와 경쟁이 되지 않을 거라고 생각했다.

그런데 강효은이 하버드 수학 학원에 들어오려고 시험을 봤고, 어렵기로 유명한 그 시험에서 100점을 맞아 버린 것이다.

나는 우리 학원 상가 앞에서 걸음을 멈췄다. 문득 불안한 생각이 머리를 스치고 지나갔다. 엄마는 강효은 엄마와 통화를 했을까? 강효은이 나와 같은 A반이 되었고, 시험에서 100점을 맞아 학원 기록을 세운 걸 알고 있을까? 그 생각을 하자 다리에 힘이 쭉 빠졌다. 나는 상가 한쪽에 쪼그리고 앉았다. 앉은 채로 쪼그라드는 기분이었다. 쭈글쭈글 바람 빠진 풍선처럼 볼품없게 말이다.

태원이가 소파에 앉아 과자를 먹다 나를 힐끗 바라봤다. 태원이 입가가 온통 과자 부스러기로 범벅이 되어 있

었다. 나는 얼굴을 찡그렸다.

"왜 나를 쳐다보고 인상을 써?"

태원이가 과자를 바사삭 씹으며 물었다. 나는 태원이 말에 대꾸하지 않았다.

"크크크크크크."

내 방으로 들어가는데 태원이가 괴상한 소리를 내며 웃었다. 꼭 원숭이 소리 같았는데 나를 보고 웃는 것 같아 기분이 나빴다.

"왜 웃어?"

나는 정색하는 표정으로 물었다.

"그러는 너는 왜 나를 보고 인상부터 썼는데?"

태원이가 소파에 깊숙이 몸을 기댄 채 다리를 꼬며 말했다.

"내가 왜 인상을 썼는지 몰라서 물어? 한심하니까. 아직 학원에서 돌아올 시간이 아닌데 지금 이 시간에 그러고 있는 걸 보면 학원 또 때려치운 거 아냐? 무슨 학원을 매번 한 달도 안 되어서 그만둬? 벌써 몇 번째야?"

"크크크크크크."

태원이가 또 기분 나쁘게 웃었다.

"왜 웃느냐고?"

나는 소리를 빽 질렀다.

"학원을 계속 그만두긴 해도 그래도 나는 바보라는 말은 안 듣거든."

"그게 무슨 말이야?"

나는 태원이가 하는 말을 얼른 알아들을 수가 없었다.

"엄마가 좀 전에 할머니한테 전화하는 소리 들었거든. 엄마가 너 보고 바보래. 어렸을 때 공부 잘하던 아이가 크면서는 그러지 않을 확률도 되게 높다고, 어디서 들은 말인데 그 말이 딱 맞는 말이었대."

태원이는 손바닥에 묻은 과자 부스러기를 털며 자기 방으로 들어갔다. 나는 어안이 벙벙했다.

'엄마가 나를 바보라고 했다고?'

믿을 수가 없었다.

"엄마."

안방 문을 벌컥 열었다. 엄마는 침대에 누워 이불을 머리끝까지 뒤집어쓰고 있었다.

"엄마! 할머니랑 전화하면서 뭐라고 했어?"

나는 소리를 빽 질렀다. 엄마가 뒤집어쓴 이불을 천천히 내렸다.

"태원이 말이 진짜……."

말을 하다 멈췄다. 엄마 눈이 벌겠다. 운 것 같았다.

"엄마, 울었어?"

불길한 기운이 파도처럼 밀려왔다.

"그럼 내가 지금 웃게 생겼니?"

엄마 목소리는 잠겨 있었다.

"효은이가 시험에서 100점 받았다며? 소라한테 그 말 듣고 확인하려고 수학 학원에 전화했다가 충격을 받았어."

엄마가 두 손으로 머리를 감쌌다. 엄마 친구 이름이 소라다.

"효은이가 본 시험 문제는 지난달 A반에서 본 평가 시험과 같은 문제라고 하더라. 주원이 너는 다섯 개나 틀렸었잖아!"

쿵! 뭔가 무거운 걸로 머리를 맞는 느낌이었다. 한순간 눈앞이 캄캄해졌다. 강효은이 본 시험 문제가 지난달 본 평가 시험과 같은 문제였다니. 충격이었다.

조용히 안방 문을 닫고 내 방으로 왔다. 저번에 봤던 평가지를 꺼냈다. 틀린 문제 다섯 개를 훑어봤다. 그리고 문제를 풀기 시작했다. 술술 풀리는 건 단 한 문제도 없었다. 다 막혔다. 초조해지고 가슴이 뛰었다.

나는 저녁밥도 먹지 않았다. 엄마는 밥을 먹으라는 말도 하지 않았다.

"주원이는 밥 안 먹어?"

아빠 목소리가 들렸다.

"걔는 지금 밥 먹을 기분 아니에요."

태원이 목소리도 들렸다.

"왜? 무슨 일 있어?"

"크크크크크크크."

"좀 아프대. 나중에 먹을 거라고 했어."

태원이가 웃는 순간 엄마가 거짓말을 했다. 거짓말하는 엄마보다 자꾸만 괴상하게 웃는 태원이가 더 밉고 싫었다. 태원이는 이때다 싶어 신나서 저러고 있다. 나 보란 듯 말이다. 어쩌면 나에게 복수를 하는 것일 수도 있다.

태원이와 나는 이란성 쌍둥이다. 태원이가 나보다 3분 더 일찍 태어났다. 그러니까 태원이가 오빠고 내가 동생이다. 하지만 나는 단 한 번도 태원이를 오빠라고 부른 적이 없다. 그리고 단 한 번도 태원이를 오빠라고 부르지 않는 것에 양심의 가책을 느낀 적 없다.

유치원에 다닐 때 태원이는 친구들이 안 놀아 준다며 매일 징징거렸다. 나라도 태원이랑 놀지 않았을 거다. "이건 오리야."라고 어른들이 알려 주면 태원이는 "와, 거위다."라며 소리쳤다.

나는 유치원 시절에 태원이 때문에 늘 조마조마했다. 그런데 어떻게 오빠라고 부른담. 태원이는 한글도 1학년 겨울 방학이 되어서야 겨우 뗐다. 1학년 내내 받아쓰기는

빵점이었다. 태원이가 받아쓰기한 걸 보면 외계어를 쓴 것 같았다. 아이들에게 놀림을 받는 태원이를 나는 절대 오빠라고 부를 수 없었다. 태원이는 6학년인 지금도 달라진 게 없다. 학원 그만두기를 밥 먹듯 한다. 공부하고는 담을 쌓았다. 남매이고 쌍둥이인 게 창피할 정도다.

설거지하는 소리가 들리더니 얼마 후 밖은 고요해졌다. 쿵쿵쿵! 발걸음 소리가 들리더니 내 방문이 열렸다. 엄마였다. 엄마는 말없이 쟁반을 책상 위에 내려놨다. 닭볶음탕이었다.

"안 먹어."

나는 퉁명스럽게 말했다.

"왜?"

엄마 목소리도 퉁명스러웠다.

"바보가 밥은 먹어서 뭐 해?"

'바보'라는 말을 하는데 목구멍이 따끔거리며 아팠다. 엄마가 나를 가만히 바라봤다. 고개는 돌리지 않았지만 엄마의 강한 눈길이 느껴졌다.

"바보는 굶고 사니? 바보도 먹어야 살아."

엄마는 한마디 하고는 방에서 나가 버렸다. 기가 막혀 입이 저절로 벌어졌다. 태원이가 했던 말이 사실이구나. 닫힌 방문을 바라보는데 눈물이 왈칵 쏟아졌다.

음식에 손도 대지 않은 채 식탁 위에 쟁반을 올려놨다.

"닭볶음탕 진짜 맛있던데, 안 먹냐? 안 먹으면 후회할걸."

태원이가 주방으로 들어오며 말했다. 나는 들은 척도 하지 않았다.

"내가 먹어도 되지?"

태원이가 물었다. 나는 대답 대신 태원이를 쏘아봤다.

"쟤, 뭐야?"

규리가 두 눈을 동그랗게 떴다. 강효은이 여자아이들 손등에 스티커를 붙여 주고 있었다. 요즘 여자아이들에게 인기 있는 캐릭터 스티커였다.

"나도."

방진우가 강효은 앞으로 손등을 내밀었다. 강효은은 싱긋 웃으며 방진우 손등에도 스티커를 붙여 줬다.

"강효은 성격이 원래 저러니? 아, 뭐야, 관심받는 거 좋아하는 성격인 거야? 나는 저런 성격은 딱 질색인데."

규리가 얼굴을 찡그렸다.

강효은이 변했다. 강효은은 원래 저런 성격이 아니었다. 조용하고 부끄러움도 많던 아이였다. 울기도 잘했고 소심했다. 강효은을 빤히 바라보는데 그만 강효은과 눈이 마주치고 말았다. 어쩔 줄 모르고 있을 때 강효은이 다가왔다.

"주원아, 너도 붙여 줄까?"

강효은은 내 손등에 스티커를 붙였다. '행운의 여신 민자라' 얼굴 스티커였다. 강효은은 규리 손등에도 스티커를 붙여 주었다.

"쟤, 뭐야? 내가 언제 스티커 붙여 달라고 했어?"

규리가 자리로 돌아가는 강효은 뒤통수를 보며 중얼거렸다. 나도 규리처럼 "쟤, 뭐야?"라고 말하고 싶었다. 강효은 쟤, 진짜 뭐람. 사람이 저렇게 바뀔 수도 있는 걸까?

방진우는 강효은이 수학을 잘한다고 떠들고 다녔다. 어렵고 어려운 하버드 수학 학원의 시험을 만점 받았다는 말을 할 때는 침 거품까지 보글거리며 흥분도 했다.

"그럼 우리 반에 수학 천재가 두 명이나 있는 거네?"

누군가 말했다.

"그렇지. 효은이와 주원이."

방진우가 대답했다. 나는 아랫입술을 지그시 깨물었다. 방진우는 강효은 이름을 먼저 말했다. 나보다 강효은의 실력이 더 좋다는 뜻으로 들렸다. 머리가 뜨거워지며 정수리에서 김이 모락모락 나는 듯한 느낌이 들었다. 머리가 터질 것 같았다. 나는 교실에서 나왔다.

"괜찮아?"

규리가 따라 나왔다.

"방진우도 웃겨. 딱 한 번 시험 본 걸로 어떻게 다 알겠어? 강효은이 다 아는 문제만 나왔을 수도 있잖아."

규리가 나를 위로했다. 나는 규리에게 강효은이 봤던 시험 문제가 지난번에 우리가 봤던 평가와 같은 거라는 말을 하지 않았다.

"오늘 평가 시험에서 뭔가를 보여 주면 돼."

규리가 말했다.

"평가 시험?"

나는 소스라치게 놀랐다.

"오늘 수학 학원 평가 시험 보는 날이잖아. 설마

잊고 있었던 건 아니지? 어제도 선생님이 말해 줬는데."

맙소사! 머릿속이 온통 강효은으로 꽉 차서 깜박 잊고 있었다. 가슴속에서 뭔가 와르르 무너지는 소리가 들렸다.

"어떻게 해. 잊고 있었어. 공부 하나도 안 했는데."

나는 방을 동동 굴렀다. 눈물이 쏟아졌다.

"뭘 걱정이야? 주원이 너는 시험공부 안 해도 괜찮아. 원래 잘하잖아. 나는 평가 시험 보기 전날에는 새벽까지 공부해. 그래도 주원이 너한테는 늘 졌어. 괜찮아."

규리가 위로했다. 말도 안 되는 위로였다. 나도 원래 잘하는 줄 알았다. 남들이 '수학 천재, 수학 천재' 하니까 진짜 천재인 줄 알았다. 하지만 천재와 바보는 종이 한 장 차이라는 말이 맞을 수도 있다는 생각이 들었다. 나는 재빨리 교실로 들어와 수학 학원 문제집을 꺼냈다. 마음이 바빠서인지 아무것도 눈에 들어오지 않았다.

나는 수업 시간에도 강효은을 힐끔힐끔 바라봤다. 강효은은 선생님 설명에 고개를 한 번씩 끄덕이기도 했다. 선생님도 강효은을 자주 바라봤다.

'한 번, 두 번, 세 번……'

선생님이 강효은을 바라보는 횟수를 마음속으로 셌다. 선생님도 강효은이 마음에 쏙 드는구나! 나는 반 아이들도 선생님도, 아예 교실을 통째로 다 강효은에게 뺏긴 기분이 들었다. 수학도 강효은이 빼앗아 간 것 같다. 강효은 때문에 모든 게 다 엉망진창이 되어 버렸다.

수학 학원으로 향하는 발걸음이 한없이 무거웠다. 오늘따라 문제는 더 어려웠다. 초조해서인지 쉬운 공식도 얼른 생각나지 않아 끙끙댔다. 나는 심호흡을 하며 정신을 집중하려고 애썼다.

"이번 평가 시험으로 다음 달부터, 아, 내일이 다음 달이구나? 내일부터 반이 다시 만들어지는 거 알고 있지요? 결과는 오늘 저녁에 부모님께 문자 메시지로 보낼 거예요."

선생님은 시험지를 걷으며 말했다. 평가 시험을 볼 때면 늘 하는 말이었고, 늘 그 말을 별생각 없이 들었다. 그런데 오늘은 아니었다. A반에서 밀려나면 어쩌나, 불안하고 초조했다.

집으로 돌아와 엄마 눈치만 봤다. 엄마 휴대폰이 드르륵 소리라도 내면 심장이 터질 듯 뛰었다.

수학 학원에서 시험 결과 문자가 온 건 저녁 먹을 때였다. 정수기 위에 있던 엄마 휴대폰이 드르륵 울리는 순간 나는 드디어 올 것이 왔음을 직감했다.

휴대폰을 확인한 엄마는 당황한 듯 휴대폰을 뚫어져라 바라보고 또 바라봤다. 엄마 얼굴이 창백해졌다.

"주원이 잠깐 나와 봐."

엄마 목소리는 떨리고 있었다.

"무슨 일인데 밥 먹다 말고 그래?"

아빠가 물었다. 엄마는 아빠 말에는 대꾸하지 않고 주방에서 나갔다.

"엄마 얼굴이 왜 저래? 주원이 너 무슨 잘못 했냐?"

태원이가 입안 가득 우물거리던 밥을 한꺼번에 삼키며 물었다. 태원이처럼 둔한 아이가 엄마 얼굴이 어쩌고저

찌고하는 걸 보면 엄마 낯빛이 진짜 심각하다는 뜻이다.

엄마는 내 방으로 들어갔다.

"어떻게 된 거야? B반이라니?"

"B반?"

나는 고개를 반짝 쳐들어 엄마를 바라봤다. B반이라니. 아무리 그래도 그렇지 말도 안 된다. 나는 충격을 받아 입을 벌린 채 멍하니 서 있었다. 많이 틀려도, 아무리 평소보다 못 봤어도, 그래도 A반일 거라고 생각했다.

"시험 볼 때 어디 아팠던 거야?"

엄마가 물었다.

"그랬던 게 분명해. 그렇지 않고서야 이럴 수는 없어."

엄마는 내 대답을 기다리지 않고 중얼거렸다. 그러더니 어딘가에 전화를 했다.

"선생님, 안녕하세요. 주원이 엄마예요. 우리 주원이가 오늘 많이 아팠거든요. 새벽부터 열이 좀 많이 나고 배가 아프다고 했어요. 학교도 학원도 못 갈 정도였는데 주원이가 가겠다고 고집을 부려서 보냈거든요. 오늘 평가 시험 결과가 이렇게 나온 거 당연해요. 아픈데 문제를 제대로 풀기나 했겠어요?"

엄마가 거짓말을 했다.

"그래서 그런데요, 우리 주원이 평가 시험을 다시 보면 안 될까요? 같은 문제가 곤란하다면 다시 문제를 내셔도 괜찮아요. 선생님, 우리 주원이가 하버드 수학 학원에 하루 이틀 다닌 것도 아니고, 주원이 실력은 선생님이 더 잘 아실 거예요. 절대 A반에서 내려올 실력은 아니잖아요. 이럴 줄 알았으면 오늘 학교와 학원을 좀 쉬라고 하는 건데 다 제 잘못이에요."

엄마 표정이 간절했다. 엄마는 한참 동안 선생님과 통화를 계속했다. 엄마는 내가 몸이 약해져서 속상하다는 말을 하고 또 했다. 내가 거짓말을 할 때보다 심장이 더 두근거렸다. 도저히 더 들을 수가 없었다.

"주원아, 지금 빨리 수학 학원에 가. 다시 평가 시험을 보게 해 주겠대. 오늘 봐야 내일 반 편성을 한다고. 얼른 가."

엄마가 소리치듯 말했다.

나는 A반이 되었다.

다시 본 평가 시험에서 일곱 개를 틀려 가까스로 A반에 매달릴 수 있었다. 강효은은 이번 평가 시험에서도 만점을 받았다고 선생님이 말해 줬다.

"똑바로 해. 바보야? 왜 그래, 대체?"

엄마는 다시는 이런 일이 일어나지 않도록 하라고 몇 번이나 당부했다. 나는 '바보'라는 말만 귀에 쏙 들어왔다.

"나, 바보 아니야."

엄마가 나를 쏘아봤다.

"엄마 말대로라면 A반이 아닌 아이들은 다 바보란 말이야?"

입을 꾹 다물고 가만있으려고 했는데 자꾸만 입이 저절로 움직였다.

"얘가 정말 뭘 잘했다고."

"엄마, 내일부터 저 어느 학원에 가요? 하도 이곳저곳을 다녔더니 학원 이름이 헷갈려요."

엄마 얼굴이 벌게지는 순간 태원이가 끼어들었다. 나는
방으로 들어와 버렸다.

◆

연습장이 강효원 이름으로 가득 찼다.

'강효원을 따라잡아야 해.' '강효원을 이겨야 해.' '강효원은 왜 하필 우리 학교로 온 거야? 왜 하필 우리 학원으로!'

'강효원'이라는 이름이 연습장에서 뛰쳐나와 나에게 달려드는 기분이었다.

"에잇."

연필로 연습장을 박박 그었다. '강효은' 세 글자가 이리저리 찢어지고 흩어졌다. 나는 연습장을 덮어 버리고 강효은 쪽을 힐끗 바라봤다. 강효은은 뭔가를 열심히 쓰고 있었다.

'흥, 예전에는 만나면 먼저 다가와서 놀자고 그러더니 이제는 그러지도 않네. 성격도 그때보다 지금이 훨씬 적극적으로 보이는데. 나 보라고 저러는 건가? 예전에 나한테 당한 거 복수를 하겠다 이거지.'

그렇지 않고서야 같은 반이 되고도 저 정도로 무덤덤할 수는 없다. 물론 친한 척해도 내가 받아 주지도 않을 거지만.

"방진우 오늘 엄청나게 우울해 보인다. 하긴 우울할 수밖에 없겠지."

그때 규리가 옆으로 다가와 턱으로 방진우를 가리키며 말했다. 방진우는 이번 달에 B반이 되었다.

"사람이 살다 보면 A반도 될 수 있고 B반도 될 수 있는 거지."

어제 방진우는 아무렇지도 않은 듯 이렇게 말했다. 하지만 진짜 아무렇지 않을 수는 없을 거다.

"규리 너는 평가 문제 쉬웠어?"

규리에게 물었다.

"나는 시험 볼 때마다 쉬운 적은 단 한 번도 없었어. 이번에도 하도 어려워서 A반에서 떨어질 줄 알았거든. 시험 보면서 조마조마했어."

"하버드 수학 학원을 그만두고 싶은 생각은 없어?"

솔직히 말하면 하버드 수학 학원을 그만두고 싶은 건 바로 나다. 강효은이 오기 전에도 평가 시험을 계속 봐야 한다고 생각하면 늘 숨이 막혔다. 이젠 강효은까지 신경 써야 하니 더 숨 막혔다.

"그만둬도 또 다른 학원에 다녀야 하잖아. 그런데 강효은 재 진짜 신기하다. 이번에도 만점이라며? 어떻게 공부를 하길래 계속 만점이야? 궁금하네."

규리가 말했다. 듣고 보니 나도 궁금했다. 대체 강효은은 수학 공부를 어떻게 하고 있는지.

"그렇게 궁금하면 물어보든가……."

나는 규리 눈치를 보며 일부러 시큰둥하게 말했다.

"야, 그건 아니지. 친한 사이도 아닌데 자존심 상하게."

규리가 손사래를 쳤다.

"그럼 방진우 보고 물어보라고 해."

"그럴까?"

규리 눈이 반짝 빛났다. 나는 고개를 끄덕여 보였다.

규리는 가방에서 초콜릿 하나를 꺼내 들고 방진우에게
갔다. 나는 슬그머니 규리 뒤를 따라갔다.

"방진우, 슬프냐? 이해한다. 충격 먹었지?"

규리가 방진우 어깨를 토닥이며 말했다. 방진우가 멍하
니 규리를 바라봤다. 규리가 방진우 손에 초콜릿을 쥐여
주었다.

"갑자기 왜 그러냐?"

방진우가 규리와 초콜릿을 번갈아 보며 물었다.

"위로해 주려고 그러지."

"위로?"

"갑자기 B반으로 뚝 떨어졌으니 얼마나 놀랐겠냐? 너무 우울해하지 마. 다음 달에 다시 A반으로 오면 되는 건데 뭘. 공부를 좀 더 열심히 하면 문제없어. 하긴 공부를 어떻게 해야 성적이 쫙 오를지 그게 문제지만. 한번 떨어진 성적을 다시 올리려면 진짜 힘들거든. 아! 이건 어때? 강효은이 평가 시험에서 만점을 받았잖아? 강효은에게 수학 공부를 어떻게 하는지 물어봐. 비법 좀 알려 달라고 해. 강효은은 방진우 너한테는 친절하게 알려 줄 거야. 강효은이 전학 오자마자 방진우 네가 강효은을 얼마나 많이 도와줬는데, 그 은혜를 모르면 나쁜 아이지."

규리 말이 길었다. 방진우는 규리가 말을 다 할 때까지 멍하니 규리를 바라봤다.

"나는 강효은이 어떻게 공부하는지 별로 안 궁금한데."

잠시 후 방진우가 말을 이었다.

"내가 이번에 A반에서 떨어진 이유는 나도 알고 있어. 한 달 동안 내가 엄청 바빴거든. 우리 엄마 아빠에 할머

니 할아버지까지, 생신이 지난 한 달 안에 다 들어 있었
어. 선물 사러 가고 생일 파티하느라고 주말마다 얼마나
바빴는데. 특히 할아버지는 칠순이라고 온 가족이 함께
여행도 갔었거든. 지난달에 수학 학원도 네 번이나 빼먹
었잖아. 그리고 나는 나만의 공부 방법이 있거든. 강효은
을 따라 하고 싶지는 않아. 왠지 강효은을 따라 하면 무
지하게 힘들 거 같아. 나는 힘든 거 딱 질색이야."

"그, 그, 그럼 오늘 왜 이렇게 우울해?"

규리가 당황해하며 물었다.

"우울한 거 아닌데? 아침에 밥을 너무 빨리 먹고 왔더
니 계속 배가 아픈 거 같기도 하고, 똥이 마렵기도 하고.
그런데 혹시 규리 네가 궁금한 거냐? 강효은의 공부 방
법이?"

"아, 아니야."

규리가 더 당황했다.

"에이, 그런 것 같은데? 내가 강효은한테 물어봐 줘?"

방진우가 자리에서 벌떡 일어났다.

"아, 아니라고. 그게 아니라 주원이가……."

"주원이가 궁금하다고 했어?"

방진우가 규리 말을 덥석 물었다.

"강효은. 주원이가 네 공부 방법이 궁금하대."

방진우는 강효은을 향해 소리쳤다. 순간 시간이 멈춘 듯 나는 움직일 수 없었다. 심호흡을 하려고 해도 숨도 쉬어지지 않았다.

"주원아, 괜찮아?"

규리가 나를 흔들었다. 그제야 정신이 번쩍 들었다.

"내가 언제 그랬어?"

나는 주먹을 꽉 쥐고 방진우를 향해 소리쳤다. 아이들 눈이 모두 나를 향했다.

"내가 왜? 내가 왜 강효은이 궁금해? 나는 강효은에게 관심 없거든. 강효은 완전 울보였는데 내가 왜 강효은 공부 방법이 궁금하냐고!"

나는 악을 쓰며 소리쳤다. 소리치면서도 울보였다는 말은 왜 하는지 나도 알 수 없었다. 그냥 입에서 나오는 대로 소리쳤다.

"관심 없으면 없는 거지 왜 소리를 지르고 그래? 그리고 나는 나만의 공부 방법 같은 거 없어. 알려 줄 것도 없는데."

강효은이 말했다. 나는 고래고래 소리치고 있는데 강효은은 침착한 목소리였다. 쌀쌀맞기까지 했다.

"주원아."

규리가 나를 끌고 복도로 나갔다.

"너는 방진우한테 그런 말을 하면 어떻게 해?"

나는 규리를 원망했다.

"왜 나한테 화를 내? 방진우가 내 말을 중간에 잘라먹고 멋대로 말한 거잖아!"

규리는 억울한 듯 볼멘소리를 했다.

수업을 마치고 가방을 챙기는데 어디선가 흘러온 말이 내 귀에 쏙 들어왔다.

"주원이가 강력한 경쟁자가 생겨서 예민해진 거야."

누구 목소리인지는 알 수 없었다.

◆

"그렇다고 교실에서 소리치며 싸워?"

엄마가 가슴을 퍽퍽 치며 말했다. 내가 학교에서 돌아오기도 전에 엄마는 오늘 있었던 일을 다 알고 있었다. 강효은 엄마가 전화를 했다고 한다. 강효은! 입도 무지하게 가벼웠다. 집에 도착하기도 전에 전화로 자기 엄마한테 재잘재잘 다 말한 게 분명했다.

"그리고 그게 궁금하면 엄마한테 물어봐야지. 그러면 내가 소라한테 슬쩍 물어봤을 거 아니니? 그렇게 표 나게 하고 싶어?"

"방진우가 잘못 알고 그런 거라고."

눈물이 쏟아졌다.

"뭘 잘했다고 울어? 왜 요즘 걸핏하면 울고 난리니? 효은이는 크면서 눈물이 싹 사라졌다더라. 그런데 너는 왜 반대야?"

"우는 것도 내 마음대로 못 해? 왜 엄마는 자꾸 나랑 강효은이랑 비교해? 어렸을 때부터 항상 그랬어. 왜 그래?"

"얘가 정말 엄마한테 대들 거야? 내가 언제 항상 비교했어?"

그때였다.

"엄마, 나 학원 다녀온다고요. 인사를 해도 왜 안 받아줘요? 지금 제가 신나서 학원 가는 길이거든요. 아무래도 이번 학원은 제 인생 학원이 될 것 같아요."

태원이가 엄마와 나 사이에 끼어들었다. 나는 방문을 부술 듯이 닫고 방으로 들어와 버렸다.

학원 평가지를 꺼내 다시 풀어 봤다. 집중이 되지 않았다. 풀리지 않는 평가지를 멍하니 쏘아보며 앉아 있었다.

'나, 이러다 완전 망하는 거 아냐? 앞으로도 쭉 이러면 어쩌지?'

심장이 불규칙적으로 뛰었다. 숨이 쉬어졌다 안 쉬어졌다, 뒤죽박죽이었다. 몇 시간을 그러고 있었던 것 같다.

"뭐 하냐? 아이스크림 먹어라."

언제 들어왔는지 태원이가 뒤에 서 있었다. 태원이는

아이스크림을 내밀었다.

"나 있잖아, 인생 수학 학원 만났다!"

태원이가 자랑스럽게 말했다.

"시험을 안 봐. 성적대로 반이 나뉘지도 않아."

태원이는 아이스크림을 한입 크게 베어 물며 말했다. 그건 나도 알고 있다. 엄마는 태원이가 다닐 학원이 이제 더는 남아 있지 않다고 했다. 이것저것 따질 형편도 아니어서 태원이를 받아 주는 곳이 있다면 어디든 보낸다고 했다.

"제일 마음에 드는 건 문제 푸는 시간을 정하지 않는다는 거야. 내가 되게 느리잖아? 다른 학원 다닐 때는 빨리 풀지 않으면 안 되니까 늘 초조했거든. 그러다 포기하고. 그런데 이 학원 선생님은 기다려 주더라고. 어제는 있잖아, 어려운 문제를 내 힘으로 풀었거든. 한 시간에 한 문제밖에 풀지 못했지만 얼마나 뿌듯했는지 몰라. 다른 문제도 풀어 보고 싶은 마음이 막 드는 거야. 앞으로 수학하고 친해질 것 같은 예감이 들어. 아이스크림 다 녹는다, 빨리 먹어."

태원이가 턱짓을 했다.

"맛있지?"

내가 아이스크림을 베어 물자마자 태원이가 물었다. 나는 고개를 끄덕였다. 태원이가 웃었다.

"이건 순전히 내 생각인데, 말해도 돼?"

"하고 싶으면 하든가."

"너랑 나랑은 쌍둥이잖아? 쌍둥이는 뭔가 좀 통하는 게 있더라고. 말은 하지 않아도 주원이 네 표정을 보면 네 마음속이 어떤지 느낌이 오거든."

"그래? 나는 그런 느낌을 받은 적이 없는 거 같은데."

태원이 말이 뜬금없었다.

"그건 주원이 네가 나를 단 한 번도 제대로 바라본 적이 없어서 그래. 관심을 조금만 가지면 남들한테는 보이지 않는 게 보이거든. 주원이 너 되게 급해졌어."

태원이는 입가에 묻은 아이스크림을 훔치며 나를 빤히 바라봤다.

"나는 성격 별로 안 급해."

이 말은 진심이다.

"성격이 급해졌다는 말이 아니라…… 이걸 어떻게 설명해야 하나?"

태원이가 잠시 말을 멈췄다.

"조급해졌다고 표현해야 하나? 시험 볼 때만 되면 꼭 똥 마려운 강아지 같아. 어쩔 줄 몰라 해."

"똥 마려운 강아지?"

다른 때 같으면 이상한 말을 한다고 소리를 지르거나 엄마한테 일러바쳤을 거다. 하지만 가만 생각해 보니 조급해한다는 태원이 말이 맞는 것 같았다.

"그리고 강효은이 잘하거나 말거나 뭔 상관이야? 강효은은 강효은이고 너는 너지. 나는 나고 주원이 너는 너인 것처럼. 맞있지? 여기 새로 생긴 아이스크림 가게인데 사람들이 줄을 서 있더라. 다음에도 또 사다 줄게. 내 인생 수학 학원 앞에 있거든."

태원이는 아이스크림을 마저 입에 넣고 방에서 나갔다.

"엄마. 제가 오늘 수학 문제 하나를 완벽하게 내 힘으로 풀었거든요. 저녁에 맛있는 거 해 주면 안 돼요?"

태원이가 소리쳤다. 달랑 한 개 풀어 놓고 맛있는 거 해 달라니. 태원이가 뻔뻔해 보였다. 하지만 이상하게 멋지다는 생각도 들었다.

"태원이 너는 딱 한 문제 제대로 풀었다고 맛있는 거 해 달라고 큰소리쳤다며? 당당하다고 해야 하나, 뻔뻔하다고 해야 하나? 그렇게 따지면 주원이는 매일 맛있는 거 해 달라고 졸라야 하지 않니?"

저녁을 먹으며 아빠가 말했다. 엄마는 아빠한테 지금 내 사정을 말하지 않은 것 같았다.

"에이, 아빠. 주원이는 주원이고 저는 저예요. 혹시 알아요? 제가 갑자기 공부 천재가 될지, 크크크크크크크, 아, 맛있다."

태원이는 닭 다리를 정신없이 뜯었다.

"하긴 이제 고작 6학년인데. 아빠도 말이야, 초등학교 때까지는 공부를 왜 해야 하는지도 모르겠고, 성적도 잘

안 나왔거든. 그런데 중학생이 되니까 갑자기 머리에 번 개를 맞은 것처럼 머릿속이 번쩍번쩍하더니 공부가 재미 있어지더라고. 사람들마다 속도는 다 다르고, 또 잘하는 것도 달라. 자기가 할 수 있는 만큼 재미있게 하면 되는 거지. 그게 꼭 공부가 아니어도 돼. 공부든 뭐든 하면서 지치지 않는 게 중요해. 나만의 속도로 걸어가는 게 제일 이라는 말이야. 오늘따라 닭볶음탕이 더 맛있다. 이 다리 하나는 내가 먹어도 되나?"

아빠가 닭 다리를 집어 들었다.

나는 엄마와 눈이 마주쳤다.

"당신은 엊그제도 닭 다리 먹었잖아."

엄마는 아빠가 들고 있는 닭 다리를 빼앗아 내 밥그릇 위에 놔주었다.

저녁을 먹고 난 후 엄마가 과일을 들고 내 방으로 들어 왔다.

"주원이 너는 어렸을 때도 놀면서 중간중간 숨 고르기 를 했어. 아무리 재미있는 놀이를 해도 오래 놀지는 못했어. 네가 쉴 만큼 쉬고 나서야 더 신나게 놀았지. 네 속도로 가, 주원아."

엄마가 내 어깨를 지그시 눌렀다.

절교의 여왕

☆

시은이가 멀어져 갔다. 오늘따라 가방을 멘 어깨가 훨씬 더 축 늘어졌다. 터벅터벅 걷는 발걸음도 무척이나 지쳐 보였다. 얼른 옆으로 달려가 팔짱을 끼며 "뭐 먹으러 갈래?"라고 말하고 싶었다.

"시은이랑 같이 가고 싶으면 가."

경주가 말했다. 비아냥거리는 듯한 말투에 코웃음이 섞였다. '시은이랑 같이 가고 싶으면 가.' 이 말은 곧 '시은이랑 같이 가면 알지?' 바로 이 뜻이다.

"아이스크림 먹으러 갈래?"

내가 대답을 하기도 전에 경주가 물었다. 그러고는 또 대답을 기다리지 않고 나와 하온이를 잡아끌었다. 나와 경주 그리고 하온이는 학교 건너편에 있는 무인 아이스크림 가게로 갔다.

"내가 먼저 아이스크림 먹자고 했으니까 아이스크림은 내가 살게. 딸기 아이스크림 좋지?"

경주가 딸기 아이스크림 세 개를 골랐다.

"그리고……."

경주가 나와 하온이를 빤히 바라봤다.

"우리 셋이 함께 수행할 미션을 만드는 거야. 미션을 수행하지 못하면 그날부터 절교!"

경주는 '절교'라는 단어에 힘을 주었다.

"절교?"

하온이 눈이 휘둥그레졌다. 나도 가슴이 덜컥 내려앉았다.

"별로 어려운 미션은 아니야. 다음 주 월요일부터 금요일까지 일주일 동안 시은이와 절대 말하지 않기. 시은이가 말을 시켜도 대답하지 말고 말도 걸지 말기. 그러고 나면 시은이도 말을 걸지 않을 거야."

"그건 좀 그렇지. 나랑 시은이는 짝꿍인데 선생님이 짝꿍이랑 뭘 하라고 시키시면……."

하온이가 말을 하다 얼른 입을 다물었다. 하온이를 바라보는 경주 눈빛이 한없이 싸늘했다.

"알았어."

하온이가 어쩔 수 없다는 듯 말했다.

"하연이 너는?"

경주가 나를 바라봤다. 얼른 대답하지 못하고 있는데 하온이가 내 옆구리를 찔렀다.

"알았어……."

나는 얼떨결에 대답했다. 커다란 바윗덩어리가 내 가슴 속에 던져진 듯한 기분이었다. 시은이는 우리 앞집에 산 다. 그건 결코 쉬운 미션이 아니다.

아이스크림을 먹고 경주, 하온이와 헤어졌다. 정수리로 내리쬐는 오후 햇살이 뜨거웠다. 그래서 그런지 정수리 가 아팠다. 정수리부터 시작된 통증은 금세 가슴 중간까 지 내려왔다. 숨을 쉴 때마다 가슴이 따끔거리고 아팠다. 시간이 지나자 쿵쿵 뛰기까지 했다. 걱정이 파도처럼 밀 려왔다. 시은이가 말을 걸 때마다 어떻게 무시한담.

나와 시은이 그리고 경주와 하온이는 학교에 오면 늘 같이 다녔다. 언제부터인지 정확히 기억은 나지 않는데,

네 명이 한 모둠이 되는 일이 잦아지면서 그랬던 것 같다. 처음에는 넷이 그다지 친하지는 않았다. 그런데 시간이 지나면서 점점 친해졌다. 넷은 화장실에 갈 때도 꼭 같이 다녔고, 급식 시간에도 쪼르르 붙어 앉아 밥을 먹었다.

사건은 지난 화요일에 터졌다.

시은이가 손톱 꾸미기 스티커를 갖고 학교에 왔다. 이전 '손톱 꾸미기'에서 업그레이드된 스티커였는데 진짜 매니큐어를 바른 듯 완벽했다. 시은이는 점심을 먹고 온 후 나와 경주 그리고 하온이 손톱을 꾸며 주었다. 문제는 거기에서 발생했다.

"으악, 서경주! 간 빼먹는 구미호! 그 손톱으로 누군가의 간 빼먹고 왔지."

승현이가 빨간색으로 꾸민 경주 손톱을 보고 소리쳤다. 아이들 눈은 모두 경주 손톱으로 향했다.

"서경주한테 간 뺏긴 사람 누구냐? 지금 자기 간이 있는지 없는지 빨리 확인해. 누구냐? 누구냐?"

승현이는 간 뺏긴 아이를 찾겠다고 교실을 뛰어다녔다. 아이들은 경주 손톱과 승현이를 번갈아 보며 배를 잡고 웃었다. 경주는 얼굴이 벌게져서 스티커를 떼려고 했다. 하지만 얼마나 단단히 붙었는지 잘 떼어지지 않았다. 나와 하온이 그리고 시은이까지 셋이 경주 손톱에 매달려 스티커를 겨우 떼어 냈다.

그날부터다. 시은이를 향한 경주의 눈빛이 차갑고 싸늘하게 변한 것은.

"시은이가 일부러 그런 거야. 경주 너랑 하온이 너한테는 핑크색에 반짝거리는 스티커를 붙여 주고 나만 빨간색을 붙여 줬잖아. 나 놀림받으라고 그런 게 분명해. 그리고 더 분한 게 뭔지 알아? 승현이가 놀릴 때도, 스티커를 떼어 주면서도 시은이가 웃었다는 거야. 나는 너무너무 화가 나는데 말이야."

경주의 말에 시은이는 절대 일부러 그런 게 아니라고 팔짝 뛰었다. 웃은 적 없다고 억울해했다. 하지만 경주는 시은이 말을 듣지 않았다. 나와 하온이는 이러지도 저러지도 못했다. 경주 편을 들 수도 없고 시은이 편을 들 수도 없었다.

"나는 시은이랑 절교를 결심했어. 너희도 시은이와 나, 둘 중에 한 명만 선택해."

학교 앞 분식집에서 떡볶이를 먹으며 경주가 이런 선언을 했다. 떡볶이값은 경주가 냈다.

"에이, 경주 너랑 절교라니, 그건 말이 안 되지."

하온이가 말했다.

"고마워. 나는 하온이 네가 나를 선택할 줄 알았어."

"응?"

하온이는 당황했다.

"하온이는 나를 선택했고, 하연이 너는? 너도 마찬가지지?"

나는 경주에게 아니라고 말하지 못했다. 나와 하온이는 엉겁결에 경주를 선택한 아이들이 되고 말았다.

그때부터 우리는 시은이가 뭘 물어보면 시큰둥하게 대답했다. 시은이가 화장실에 가자고 해도 핑계를 대고 같이 가지 않았다. 급식실에서도 시은이가 먼저 자리에 앉으면 다른 곳으로 가서 앉았다. 학교에 올 때나 집에 돌아갈 때도 시은이와 마주치지 않으려고 애썼다. 아침에 집에서 나올 때는 현관문에 귀를 대 보고 밖에서 아무 소리가 나지 않는 걸 확인한 뒤에야 잽싸게 나와 계단으로 뛰었다.

꼭 이렇게까지 해야 하는 걸까.

경주, 하온이와 떡볶이집에서 나와 헤어진 뒤 나는 놀이터로 가서 벤치에 앉았다. 지금도 시은이와 말을 잘 하지 않고 있다. 그런데 절대 말하지 말라니!

그런 미션은 못 한다고 할 걸 그랬나. 용기를 내서 경주에게 말할걸, 후회가 되었다. 하지만 나는 곧 고개를 저었다. 우리 반에서 경주의 힘은 대단한 편이다. 이걸 어떻게 표현해야 하나……. 경주에게 한번 잘못 걸리면 골치가 아프다. 경주는 아이들을 따돌리는 데 탁월한 능력이 있는 것 같다. 나는 따돌림을 당하고 싶지 않다. 그건 끔찍한 일이다.

"헉."

저만큼 시은이가 걸어오고 있었다. 나는 재빨리 몸을 돌렸다. 심장이 팔딱거리며 뛰었다. 얼마 후 다시 몸을 돌려 보니 시은이는 없었다.

휴, 정말 못 살겠다. 나는 땅이 꺼질 듯 한숨을 내쉬었
다. 내 한숨 소리에 놀이터 모래 위를 종종거리던 새 한
마리가 날아올랐다. 푸드덕! 날갯짓 소리도 우렁찼다. 나
는 마음껏 허공을 날아오르는 새가 한없이 부러웠다.

☆

"이게 얼마만의 시합이냐? 4월에 하고 처음이지? 그동안 벼르고 있었지. 이번에는 10 대 0으로 이겨 주마."

승현이가 가슴을 쫙 펴고 말했다.

"흥, 우리가 그렇게 만만하지는 않지. 10 대 0으로 지지나 말아라."

예원이가 콧방귀를 뀌었다.

승현이가 남자아이들을 향해 두 주먹을 불끈 쥐어 올리며 소리쳤다.

"우아아아아아아아아."

남자아이들이 함께 함성을 질렀다. 운동장이 들썩였다.

예원이가 여자아이들을 향해 두 팔을 번쩍 쳐들어 보였다. 여자아이들도 학교가 떠나갈 듯 함성을 질렀다.

두 달 만에 다시 붙는 축구 시합이었다. 남자 대 여자의 첫 번째 축구 시합은 우연히 시작되었다. 작년 말에 우리 학교 여자 축구부가 대회에 나가 우승을 했고, 남자 축구

부는 예선 1차전에서 떨어졌다. 여자 축구 결승전에서 두 골이나 넣어 우승으로 이끈 아이가 바로 예원이였고, 예선 1차전에서 자책골을 넣어 예선 탈락의 쓴맛을 본 아이가 승현이였다.

6학년이 되어 예원이와 같은 반이 된 승현이는 은근히 예원이를 견제했다. 예원이가 뭐라고 한 것도 아닌데 혼자서 여자 축구부는 경쟁이 심하지 않다는 둥, 그러니 우승하기는 누워서 떡 먹기라는 둥, 그런 말들을 하고 다녔다.

어느 날 체육 시간에 그 얘기를 했다가 남자 대 여자 축구 시합까지 하게 되었다. 우리 반은 여자 열 명, 남자 열 명이다. 인원도 딱 맞아 전원이 선수로 참가했다.

"흥, 당연히 남자의 승리지."

승현이는 자신만만했다.

"길고 짧은 건 대봐야 아는 법. 무조건 남자가 이긴다는 생각은 버리시지. 우리 여자팀에는 선수 출신이 둘이나 돼. 나는 지금도 우리 학교 대표고, 시은이도 작년 초까지는 대표였어. 시은이는 부상 때문에 선수를 그만두었지만 그렇다고 실력이 어디 가는 건 아니지.”

예원이가 큰소리쳤다. 그 후 펼쳐진 시합 결과는 2 대 0. 여자아이들의 승리였다. 남자아이들은 거칠고 빨랐다. 하지만 예원이의 전략이 맞아떨어졌다.

“우리는 힘에서 밀릴 수밖에 없어. 그리고 남자아이들이 더 빨라. 하지만 축구는 단체 경기야. 자기가 맡은 곳에서 역할을 잘하면 충분히 이길 수 있어.”

예원이는 팀원 한 명, 한 명에게 어디서 어떤 역할을 해야 할지 알려 주었다. 무턱대고 자기가 공을 잘 찬다고 자랑하고 잘난 척하는 남자아이들과는 달랐다.

“우리는 저번처럼 하면 돼. 각자 자기가 어디서 어떻게 해야 하는지 알지? 이번에도 남자아이들 코를 납작하게 해 주자.”

예원이가 말했다. 그때 경주가 나와 하온이 손을 슬그머니 잡아끌었다.

“시은이한테 패스하지 마.”

경주가 나와 하온이 귀에 대고 속삭였다.

"그건 아니지. 그러다 우리가 지면?"

하온이 눈이 동그래졌다.

"시은이한테 패스하지 않는다고 우리가 지니? 예원이 한테 패스하면 되잖아. 아니면 직접 골대 앞까지 공을 몰고 가서 골을 넣든가. 아무튼 시은이한테는 패스하지 마."

경주 말이 얼마나 단호한지 나와 하온이는 더 이상 경주 말에 토를 달지 못했다.

드디어 경기가 시작되었다.

승현이가 바람처럼 달렸다. 승현이가 나타날 때마다 남자아이들은 승현이에게 패스를 했다. 무조건 자기가 넣으려고 하던 지난번과는 달랐다.

뻥! 승현이가 차올린 공이 골대로 향했다. 골키퍼가 높이 뛰었지만, 공은 골키퍼 머리 위로 날아올라 골인이 되었다.

남자아이들이 서로 얼싸안고 뛰었다. 1 대 0으로 여자아이들이 지고 있는 상황에서 전반전이 끝났다. 예원이는 작전을 바꿨다.

"공격할 때 내가 골대 앞에 있을게. 시은이가 빠르니까 시은이한테 패스하고, 시은이는 공을 몰고 와서 나한테 패스해. 그래야 한 골이라도 넣을 수 있어. 파이팅!"

예원이가 작전을 이야기하는 도중에도 경주는 허공을 바라봤다.

후반전이 시작되었다.

승현이가 찬 공이 골대를 맞고 나왔다. 우리 팀 골키퍼가 던진 공이 내 앞으로 왔다. 나는 공을 몰고 달렸다. 바로 앞에 경주가 보였다. 나는 경주에게 패스했다. 경주는 하온이에게 패스하고 하온이는 나에게 다시 패스했다.

"하연아."

시은이가 나를 불렀다. 자기에게 패스하라는 뜻이다. 나는 시은이를 쳐다보지 않고 앞만 보고 달렸다. 시은이가 가까이 달려왔다.

"하연아."

시은이가 다시 나를 불렀다. 나는 들은 척도 하지 않았다. 그때였다. 어디선가 승현이가 나타나 공을 낚아챘다.

시은이는 승현이가 낚아챈 공을 도로 뺏으려고 시도했다. 그 순간, 시은이와 승현이가 부딪쳤다. 시은이의 몸이 잠시 공중에 뜨는 듯하더니 쿵 소리를 내며 운동장 바닥에 떨어졌다.

시은이가 내팽개쳐지듯 바닥에 뒹구는 순간 나는 숨이 턱 막혔다. 얼핏 봐도 세게 넘어졌다. 시은이가 많이 다쳤으면 어쩌나 겁이 났다. 설마 죽지는 않겠지? 이런 무서운 생각이 절로 들었다.

시은이는 쓰러진 채 발목을 잡고 괴로워하며 일어나지 못했다. 시합이 중단되었다. 시은이는 선생님 등에 업혀 보건실로 갔다.

"하연이 너 왜 그랬어?"

예원이가 나에게 물었다.

"야, 하연이가 뭘 어떻게 했는데? 승현이가 잘못한 거지. 그렇게 무식하게 밀어 버리면 어떻게 하냐?"

경주가 내 편을 들었다. 하지만 경주가 하는 말도, 예원이가 하는 말도 내 귀에는 들어오지 않았다. 시은이가 걱정됐다.

아이들은 내가 더 잘못했는지 승현이가 더 잘못했는지를 놓고 다투기 시작했다. 나는 당장이라도 보건실로 달려가고 싶었다. 하지만 그럴 용기가 나지 않았다. 경주 눈치가 보이기도 했지만 그보다 시은이가 어떤 반응을 보일지 두려웠다.

시은이는 수업이 모두 끝나고 나서야 교실로 돌아왔다. 조금 절룩거리기는 했지만 발목은 괜찮은 것 같았다. 다행이었다.

"흡."

시은이를 찬찬히 살펴보던 나는 터져 나오는 신음을 손바닥으로 막았다. 시은이 양쪽 무릎이 긁혀 있었다. 긁혔다는 표현보다는 패었다는 표현이 더 어울릴 정도로 상처가 깊었다. 무릎만 그런 게 아니었다. 발목 주변도 온통 긁힌 자국이었다.

"시은아, 붕대로 상처를 감싸야 하는 거 아니야? 이러다 상처 부위가 더러운 것에 오염되면 큰일일 텐데……."

예원이가 걱정했다.

"날씨가 더워서 상처를 덮어 놓으면 더 늦게 나을 거래. 소독도 하고 약도 발랐으니까 괜찮아. 집에 가서도 계속 소독하고 약 발라 주면 돼."

시은이는 걸을 때마다 무릎이 아픈지 얼굴을 살짝 찡 그렸다.

"하연아, 네가 시은이 가방 좀 들어 주고 같이 가면 되 겠네."

예원이가 말했다. 나와 경주의 눈이 마주쳤다.

"하연이는 나랑 어디 가야 하는데?"

경주가 말했다.

"나랑 같이 가자."

그때 승현이가 시은이 가방을 번쩍 들고 갔다.

☆

"얘가 아직도 왜 이러고 있어? 학교 안 가? 지각하겠다.

얼른 가."

주방에서 나오던 엄마가 벽에 걸린 시계를 보며 재촉
했다. 현관문 손잡이를 잡는데 심장이 뛰었다. 나가다 시
은이를 만나면 어떻게 하나 걱정이 태산이었다. 그래서
아까부터 선뜻 나가지 못하고 있었던 거다.

"왜 그래? 무슨 일 있어?"

"아, 아니야."

엄마 표정이 심각하게 변하는 순간 나는 현관문을 벌
컥 열었다. 엄마는 끈질긴 성격이다. 한번 궁금증을 가지
면 그 궁금증이 풀릴 때까지 묻고 또 묻는다. 중간에 절
대 포기하지 않는다. 그렇게 되면 비밀이고 뭐고 엄마에
게 다 말할 수밖에 없다. 시은이에 관한 이야기는 절대
해서는 안 된다.

현관문을 나서는 순간 나는 소스라치게 놀랐다. 시은이
가 엘리베이터를 기다리고 있었다. 머릿속이 복잡해졌다.
시은이가 인사를 하면 대답을 해야 하나? 친한 척하면 받
아 줘야 하나? 그래, 지금은 경주가 보고 있는 것도 아닌

데 뭐 어때? 아니야, 그러다 시은이가 학교에 가서도 계속 말을 붙이면? 말을 잘 하고 가다가 학교에 도착해서 언제 그랬냐는 듯 행동할 수는 없잖아.

땡.

엘리베이터가 도착하고 시은이가 먼저 탔다. 시은이는 엘리베이터에 달린 거울을 바라보며 머리를 매만지고 티셔츠 목 주변을 만졌다. 1층에 도착할 때까지 나에게 말을 걸지 않았다.

뭐지? 나는 엘리베이터에서 내려 앞서가는 시은이를 멍하니 바라봤다. 시은이는 약간 절룩거리고 있었다. 시은이가 말을 걸지 않으니까 기분이 이상했다. 뭔가 찜찜했다.

화났나? 어제 그 일 때문에? 하긴 나라도 화가 났을 거다. 내가 시은이에게 패스를 했더라면 시은이는 넘어지지도 않았을 거고 다치지도 않았을 거다. 그리고 엄청 심하게 다쳤는데도 나는 시은이에게 괜찮으냐고 묻기는커녕 한 마디도 건네지 않았다.

시은이는 학교에 도착할 때까지 단 한 번도 뒤돌아보지 않았다. 나는 하루 종일 시은이를 훔쳐봤다. 수업 시간에도 내 눈은 저절로 시은이에게 향했다. 쉬는 시간에도 마찬가지였다. 시은이를 바라보지 않으려고 해도 내 눈이 마법에 걸린 것처럼 자꾸만 시은이에게 향했다. 시간이 지날수록 사과해야 할 것 같다는 생각만 커졌다.

"어제 일은 미안하다고 사과해야 하는 거 아닐까? 무릎이 많이 아픈지 계속 절뚝거리던데."

나는 점심을 먹으며 용기를 내어 경주에게 말했다.

"절교했는데 왜?"

경주가 퉁명스럽게 말했다. 절교라는 말이 내 뒤통수를 쳤다. 그 힘은 대단했다. 머리가 멍했다. 엉겁결에 경주를 선택한 아이가 되었어도, 내가 시은이와 절교했다는 생각은 해 보지 않았다.

"절교했다고?"

경주에게 되물었다.

"하연이 네가 한 행동이 절교지 뭐야? 시은이도 하연

이 네 행동을 보고 절교를 선언한 거라고 확실히 알게 된 거지."

나는 절교라는 말을 곱씹었다. 경주 말이 맞는 것도 같았다. 함께 놀면서 잘 지내다가, 말도 안 하고, 다치든 말든 상관도 하지 않고, 놀지도 않는다면, 그건 절교가 맞을 수도 있다.

급식실에서 멀찌감치 떨어져 밥을 먹고 있는 시은이를 바라봤다. 시은이는 내가 절교를 선언한 거라고 믿는 걸까? 그래서 오늘 아침에 말도 붙이지 않은 걸까? 생각해 보니 그런 것 같았다. 그 생각을 하는 순간 마음속에서 파도치는 소리가 들렸다. 나는 시은이와 절교를 하고 영영 못 본 척하며 지낼 생각은 없었다. 경주가 시키는 대로 시은이와 말을 하지 않고 지내다가, 언젠가는 예전처럼 돌아갈 날이 올 거라고 믿고 있었다.

시은이와 절교하면 불편하다. 시은이와 나는 서로의 앞집에 살고 시은이 엄마와 우리 엄마는 가끔 차를 마시는 사이다. 하지만 불편한 것보다 더 겁나는 게 있다. 시은이와 계속 모르는 아이처럼 지내야 한다는 것이다. 그건 상상만으로도 끔찍했다.

나는 숟가락으로 국을 휘저으며 경주를 힐끗 바라봤다. 경주는 나를 알뜰살뜰 챙겨 준다. 내가 시은이와 절교하지 않겠다고 하면 경주는 나와 절교를 선언할 거다. 그리고 경주는 나를 따돌릴 수도 있다. 그것도 끔찍하다.

맞은편에서 묵묵히 밥을 먹고 있는 하온이를 슬쩍 바라봤다. 하온이는 괜찮은 걸까? 하온이도 엉겁결에 경주를 선택한 게 시은이와의 절교를 의미한다는 걸 알고 있을까?

하온이와 눈이 딱 마주쳤다.

"왜?"

하온이가 입 모양으로 물었다. 나는 고개를 저었다. 그때 시은이가 식판을 들고 일어났다. 식판을 정리하러 가는 시은이 무릎이 눈에 들어왔다. 무릎이 온통 딱지투성이였다.

"무슨 할 말 있어?"

급식실에서 나오며 하온이가 내게 물었다.

"아, 아니야."

나는 나와 하온이에게 향하는 경주 눈길을 느끼며 고개를 저었다.

"시은이 때문에 그러는 거지? 너랑 내가 경주 말대로 하는 게 옳은 건지 헷갈리지? 시은이한테 미안하기도 하고 말이야."

하온이가 내 마음속에 들어갔다 나온 아이처럼 말했다.

"하지만 경주가 말한 미션대로 하지 않아도 되겠어. 시은이가 우리한테 말을 붙이지 않으니까. 그런데 하연아, 진짜 궁금한 게 있는데 그날 말이야. 시은이가 손톱 꾸미기를 해 주던 날, 승현이가 경주를 놀렸잖아? 그때 시은이가 진짜 웃었니? 시은이가 그럴 성격은 아닌데. 그렇다고 해서 경주가 그런 거짓말을 할 리는 없고……."

그때 경주가 다가와서 하온이는 말을 끝냈다.

5교시와 6교시 내내 하온이가 한 말이 머릿속을 맴돌았다. 시은이가 진짜 웃었을까? 하온이 말대로 시은이는 다른 아이가 당황하며 화를 낼 때 웃는 성격이 아니다. 아무리 생각해도 시은이가 웃었을 리 없다는 생각이 계속 들었다.

수업이 끝나고 경주, 하온이와 헤어져 우리 집 쪽 길목으로 들어설 때였다. 시은이가 길 한쪽 모퉁이에 쪼그리고 앉아 있는 게 보였다. 모른 척하고 지나가려는데 자꾸만 시은이에게 눈이 갔다.

'아, 어떻게 해.'

나는 걸음을 멈췄다. 시은이 무릎에서 피가 송송 솟고 있었다. 딱지가 떨어진 모양이었다. 하지만 시은이는 휴지가 없는지 손바닥으로 피를 닦았다. 피를 닦아 내도 소용없었다. 피는 계속 송송 솟았다.

"이걸로 닦아. 그렇게 하다가는 상처가 오염되어서 덧날 수도 있어."

손수건을 꺼내 시은이에게 내밀었다. 시은이는 손수건을 받지 않았다. 손수건을 받기는커녕 나를 바라보지도 않았다. 나는 손수건으로 피가 나는 시은이 상처를 꼭꼭 눌러 주었다. 잠시 후 손수건을 떼었을 때 피는 멈춰 있었다.

시은이는 나를 한번 쳐다보더니 자리에서 일어났다. 그러더니 말없이 걸어갔다.

"시은아."

나도 모르게 시은이를 불러 세웠다. 시은이가 돌아봤다.

"미, 미안해. 그, 그거."

나는 시은이 무릎을 가리켰다.

"괜찮아."

시은이는 한마디 한 후 돌아섰다.

"시은아, 잠깐만."

시은이가 다시 돌아봤다.

"나는 너한테 절교를 선언한 게 아니야."

말을 하는데 입술이 떨렸다.

"다행이네."

시은이는 잠깐 뜸을 들이다 말했다.

"너, 너도 나한테 절교를 선언한 건 아니지? 나랑 말도 하지 않고 쳐다보지도 않는 거, 그거 절교 선언 아니지?"

내 말에 시은이가 고개를 저었다.

"다행이다, 진짜."

나는 진심으로 말했다. 시은이와 나 사이에 배배 꼬여 있던 줄 하나가 사르르 풀리는 것 같았다. 나와 시은이는 약속이라도 한 듯 서로를 마주 보고 웃었다.

"궁금한 게 있는데 물어봐도 돼?"

내 말에 시은이가 고개를 끄덕였다.

"네가 손톱 꾸미기를 해 주던 그날 말이야. 승현이가 경주한테 구미호라고 놀리던 그날, 너 웃었어? 승현이가 놀릴 때 웃었어? 그리고 너랑 나랑 하온이랑 같이 경주 손톱에 스티커를 떼어 낼 때도 웃었어?"

나는 조심스럽게 물었다. 시은이 표정이 변했다. 당황한 듯, 억울한 듯, 이맛살이 구겨지고…….

아, 맞다. 저 표정! 시은이 표정을 보고 머릿속이 반짝했다. 시은이 얼굴이 웃는 얼굴로 보였다. 얼핏 보면 그럴 수도 있었다. 시은이는 곤란해서 어쩔 줄 몰라 할 때나, 무지하게 억울하고 당황할 때 저런 표정을 짓는다. 나는 시은이의 저런 표정을 몇 번 본 적 있다.

"웃지 않았어. 내가 그 상황에서 어떻게 웃어? 말도 안 되지. 그리고 경주 손톱을 빨간색으로 꾸며 준 건 그날 경주가 입은 티셔츠 앞에 빨간색 곰돌이가 그려져 있어서야. 그림하고 색을 맞춘 거였어. 그 말을 하고 싶었는데 경주가 말할 기회를 주지 않았어."

☆

"이게 뭐야?"

경주가 눈을 끔벅거리며 물었다.

"편지."

"편지?"

"응. 읽어 보고 이따 수업 마칠 때 네 마음을 말해 줘. 너도 편지로 써도 좋아."

재빨리 돌아서서 교실로 들어왔다. 심장이 뛰었다. 잘 못하다가는 터질 것 같았다. 나는 심장이 있는 쪽을 두 손으로 꼭 누르며 자리에 앉았다.

어젯밤 잠도 못 자고 고민했다. 경주에게 사실대로 말 해야 하는데, 내 마음을 확실히 말로 전달할 수 있을지 걱정이었다. 말을 하는 중간에 경주가 내 말을 끊고 눈을 부릅뜨며 "나랑 절교하자는 뜻이니?"라고 소리치면 말을 제대로 할 수가 없을 것이다. 문자를 보내 볼까 생각도 했다. 하지만 문자는 마음을 전달하기에는 너무 짧았다. 그래서 편지를 쓰기로 했다.

나는 시은이한테 들은 사실을 편지에 썼다. 시은이의 표정에 관해서도 썼다. 그리고 쓸까 말까 수없이 망설이 다 마지막에 용기 내어 이렇게 덧붙였다.

나는 시은이와 절교하고 싶지 않아. 그리고 경주 너랑도 절교하고 싶지 않아. 따돌림당하고 싶지 않아서가 아니 야. 가만 생각해 보니 나는 경주 너를 좋아하고 있었어.

너랑 나랑 시은이랑 하온이랑 넷이 어울려 다닐 때가 제
일 즐거웠거든.

수업 시간 내내 경주는 표정이 없었다. 편지를 읽었는
지 읽지 않았는지 그것도 알 수 없었다.

"오늘 경주 좀 이상하지 않아?"

하온이가 몇 번이나 내게 물었다.

"그러게. 기분이 별로인 것 같긴 하다."

나는 아무것도 모른 척 대답했다. 물론 하온이에게 끝
까지 비밀로 할 생각은 없었다.

하루가 길었다. 백 년보다 더 길게 느껴졌다.

수업이 끝나고 가방을 챙기면서 나는 경주 눈치를 봤
다. 경주가 아무 말이 없었다.

'나랑 절교할 건가 봐.'

나는 한숨을 내쉬었다. 어쩌면 경주는 나를 따돌릴지도
모른다. 하지만 그건 무섭지 않았다. 경주와 같이 화장실
에 갈 수 없고, 경주와 같이 떡볶이와 아이스크림을 먹으

러 갈 수 없고, 또 경주와 같이 깔깔거리고 웃을 수 없다는 사실이 무서웠다.

"진짜 이상하네. 하연이 너, 경주랑 싸웠지?"

하온이가 물었다. 그때 경주가 하온이 팔을 낚아채듯 잡아끌고 교실에서 나갔다.

'절교 맞네.'

콧날이 시큰해지며 눈물이 핑 돌았다. 아랫입술을 질끈 깨물었다. 경주와 절교를 하는 게 슬프긴 했지만 용기 낸 걸 절대 후회하지는 않을 테다.

터벅터벅 복도를 걸어가는데 주머니 속 휴대폰이 울렸다. 휴대폰을 꺼내 확인하는 순간 가슴이 폴짝거리며 뛰었다. 경주가 보낸 문자였다.

떡볶이 먹자. 분식집으로 빨리 와.

나는 어깨에 날개가 달린 아이처럼 날 듯이 달려 한달음에 분식집으로 갔다. 경주와 하온이가 마주 앉아 있었다.

"와. 하연이 너 무지하게 빠르다."

내가 분식집 안으로 들어서자 하온이가 눈을 동그랗게 떴다.

"하연이가 달리기는 좀 하지. 그래서 축구할 때 욕심을 부린 거잖아? 골을 직접 넣으려고 말이야."

경주가 큭큭 웃으면서 말했다. 나는 경주를 바라봤다.

"에이, 농담이야, 장난이라고. 내가 시은이한테 패스하지 말라고 시켜서 그런 거지. 그런데 축구할 때 보니까 하연이 너 정말 잘 달리더라. 예원이보다, 시은이보다 더 빨라. 어서 앉아."

경주가 옆자리를 손바닥으로 치며 말했다.

"우리 절교하는 거 아니지?"

나는 선 채로 물었다.

"절교?"

하온이 눈이 동그래졌다.

"야, 절교를 왜 해? 나는 하연이 네가 좋은데. 뭐 먹을 거야? 매운맛, 덜 매운 맛, 순한 맛, 어떤 거 할래?"

경주가 다시 옆자리를 치며 물었다.

"매운맛."

나는 경주 옆자리에 앉았다.

"좋아, 분위기가 이럴 때는 매운맛이 최고지. 눈물 콧물 왕창 쏟아 내면 시원하거든."

경주가 말했다.

"무슨 분위기? 대체 무슨 일이 있는 거야?"

하온이가 답답하다는 듯 가슴을 콩콩 쳤다. 그때였다. 분식집 앞으로 시은이가 지나갔다.

"오늘 떡볶이는 경주 네가 사는 거야? 그럼 4인분 시켜도 돼?"

"시켜. 많이 먹어."

"여기 매운 떡볶이 4인분 주세요!"

나는 분식집 사장님에게 소리치며 자리에서 일어나 분식집 밖으로 나갔다.

"시은아."

나는 시은이를 불렀다. 시은이가 걸음을 멈추고 돌아
섰다.

"같이 떡볶이 먹고 가자."

나는 시은이를 향해 손짓했다. 그러고는 경주를 돌아보
며 큰 소리로 물었다.

"괜찮지?"

"당연히 괜찮지."

경주가 웃었다.

"시은이랑 같이 먹는다고? 대체 무슨 일이야?"

눈치 없는 하온이가 나와 경주를 번갈아 봤다.

"오랜만에 넷이 같이 먹는구나? 오늘 삶은 달걀은 서
비스."

분식집 사장님이 떡볶이가 가득한 접시를 내오며 말했
다. 김이 폴폴 나는 떡볶이 위에 삶은 달걀 하나가 네 등
분 되어 있었다. 매콤달콤한 떡볶이 냄새가 분식집에 가
득 찼다.

'용기 내길 잘했어.'

나는 마음속으로 나를 칭찬했다. 매운 떡볶이 냄새 때문인지 코끝이 알싸해지면서 눈물이 핑 돌았다.

작가의 말

  어느 날 초등학교에 강연 갔을 때 일이에요. 어떤 아이가 내 손에 쪽지 하나를 슬그머니 쥐여 주었어요. 쪽지에는 또박또박, 꼭꼭 눌러쓴 고민이 적혀 있었어요. 아이는 친하게 지내는 두 명의 친구가 있는데 그중 한 명이 또 다른 한 명과 자신 중에 하나만 선택하라고 했대요. 어떻게 하면 좋으냐고 묻는 말이었는데 나는 한숨이 절로 나왔어요. 정말 큰 고민이지 뭐예요.

  생각해 보니 나도 그런 경험이 있었어요. 삼총사라고 불리며 셋이 친하게 지냈는데, 두 친구가 서로 다툰 거예요. 둘이 번갈아 가며 나에게 둘 중 하나를 선택하라고 했어요. 나는 둘 다 포기하고 싶었어요. 하지만 그랬다가는 삼총사가 진짜 폭발해서 산산조각이 날까 봐 무서웠어요. 그래서 어떻게 했느냐고요? 음, 이 책에 나오는 방법과 비슷하게 했어요. 그리고 나에게 고민 쪽지를 준 아이에게도 귀에 대고 이 방법을 이야기해 주었지요.

고민이라는 게 없으면 얼마나 좋을까요. 하지만 누구나 다 고민이 있고 이 책을 읽는 친구들도 이런저런 고민이 있겠죠. 머리가 아주 복잡하기도 할 거예요. 그런데 신기한 건 고민을 해결하면서 우리는 조금씩 성장해 나간다는 거예요. 슬기로운 방법으로 고민을 해결하다 보면 생각이 깊어지고 넓어지기도 해요. 그런 걸 보면 고민이 꼭 나쁜 것만은 아닌 것 같아요.

지금 혹시 고민 있나요? 혹시 나를 보게 된다면 슬쩍 고민 쪽지를 손에 쥐여 주세요. 그럼 내 경험을 바탕으로 고민 해결 방법을 알려 줄게요. 내가 여러분의 고민 친구가 되어 주는 거예요. 어때요? 괜찮죠?

여러분의 고민 친구가 되고 싶은

 박현숙

K-초등 리얼리티 스토리

절교의 여왕

초판 1쇄 발행 2025년 1월 15일
초판 2쇄 발행 2025년 2월 6일
글쓴이 박현숙
그린이 모차

펴낸이 김선식
펴낸곳 다산북스

부사장 김은영
어린이사업부총괄이사 이유남
책임편집 이효진 **디자인** 전나리 **책임마케터** 최다은
어린이콘텐츠사업3팀장 한유경 **어린이콘텐츠사업3팀** 남희정 고지숙 이효진 전지애
어린이마케팅본부장 최민용 **어린이마케팅2팀** 최다은 신지수 심가윤 **기획마케팅팀** 류승은 박상준
편집관리팀 조세현 김호주 백설희 **저작권팀** 성민경 이슬 윤제희
재무관리팀 하미선 임혜정 이슬기 김주영 오지수
인사총무팀 강미숙 이정환 김혜진 황종원
제작관리팀 이소현 김소영 김진경 최완규 이지우
물류관리팀 김형기 김선진 주정훈 양문현 채원석 박재연 이준희 이민운

출판등록 2005년 12월 23일 제313-2005-00277호
주소 경기도 파주시 회동길 490
전화 02-704-1724 **팩스** 02-703-2219
다산어린이 카페 cafe.naver.com/dasankids **다산어린이 블로그** blog.naver.com/stdasan
종이 스마일몬스터 **인쇄 및 제본** 한영문화사 **코팅 및 후가공** 평창피앤지

ISBN 979-11-306-6211-4 73810